Esperanzas ocultas

HEIDI RICE

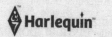
Harlequin

Editado por HARLEQUIN IBÉRICA, S.A.
Núñez de Balboa, 56
28001 Madrid

I.S.B.N.: 978-84-9000-436-4
Depósito legal: B-24262-2011
Editor responsable: Luis Pugni
Preimpresión y fotomecánica: M.T. Color & Diseño, S.L.
C/ Colquide, 6 portal 2 - 3º H. 28230 Las Rozas (Madrid)
Impresión en Black print CPI (Barcelona)
Fecha impresion para Argentina: 13.2.12
Distribuidor exclusivo para España: LOGISTA
Distribuidor para México: CODIPLYRSA
Distribuidores para Argentina: interior, BERTRAN, S.A.C. Vélez
Sársfield, 1950. Cap. Fed./ Buenos Aires y Gran Buenos Aires,
VACCARO SÁNCHEZ y Cía, S.A.
Distribuidor para Chile: DISTRIBUIDORA ALFA, S.A.

Capítulo Uno

En el abarrotado aeropuerto de Heathrow, Juno Delamare intentaba controlar los nervios mientras buscaba en la pantalla el vuelo 155 procedente de Los Ángeles. Pero al comprobar que ya había aterrizado, su corazón se volvió loco.

«Por favor, chica, cálmate».

Juno metió las manos en los bolsillos de sus nuevos vaqueros, que ya tenían un siete en la rodilla, y respiró profundamente. Debía calmarse, se dijo. Tenía que llevar a cabo una misión muy importante y no había tiempo para un ataque al corazón.

Cuando la estrella de Hollywood Mac Brody apareciese en el vestíbulo de llegadas tenía que estar lista y en control de sus facultades para entregarle la invitación a la boda de Daisy Dean, su mejor amiga, y asegurarse de que acudiría.

Daisy iba a casarse con el millonario constructor Connor Brody en dos semanas y ella había decidido reunir a los dos hermanos, que llevaban años sin verse. De modo que su misión era que Mac Brody acudiese a la boda, quisiera él o no.

Cómo iba a hacerlo no tenía ni idea, pero estaba dispuesta a intentarlo. Daisy la había ayudado a poner su vida en orden seis años antes, cuando pensó que ya nada ni nadie le importarían nunca más, y estaba en deuda con ella.

Desgraciadamente, no había pensado en la logística y en aquel momento, a punto de verlo aparecer por la puerta de llegadas en la imponente terminal de Heathrow, la logística empezaba a atragantársele.

¿Y si fracasaba? ¿Y si Mac Brody viajaba con un ejército de guardaespaldas y no podía acercarse a él? ¿Y si se negaba a aceptar la invitación? Y luego estaba el golpe de gracia: ¿cuándo fue la última vez que se acercó a un extraño para intentar convencerlo de algo? Su capacidad de persuasión no era precisamente legendaria con los hombres.

No le iba lo de la seducción, no era lo bastante guapa ni tenía vestuario para ello. Y eso significaba que tendría que apelar a la generosa naturaleza de Mac Brody, suponiendo que la tuviera.

No lo conocía y nunca había visto una película suya, pero estaba en casa de Daisy dos semanas antes, cuando llegó la carta… y eso le había dicho todo lo que necesitaba saber sobre la personalidad de Mac Brody, superestrella de Hollywood y chico malo irlandés.

Era muy guapo, sí… si a una le gustaban los hombres altos, morenos y de aspecto peligroso. Pero bajo toda esa virilidad había un tipo arrogante, superficial y egocéntrico.

Juno se enfadó al recordar el tono grosero de la carta.

Daisy estaba tan emocionada, tan segura de que

serían buenas noticias, pero dentro del sobre estaba la invitación de boda que le habían enviado, con una nota de su representante diciendo que el señor Cormac Brody no acudiría a la boda de su hermano Connor y pidiéndoles, además, que no volvieran a ponerse en contacto con él.

La nota había hecho llorar a Daisy y su amiga no lloraba nunca. Connor le había pasado un brazo por los hombros, diciendo que no se disgustara, que Mac tenía derecho a tomar sus propias decisiones y no podían presionarlo. Pero Juno había visto la pena que intentaba disimular.

¿Qué derecho tenía Cormac Brody a hacerle daño a su hermano? ¡Y ni siquiera había tenido valor para escribir la nota él mismo!

Juno se abrió paso entre la gente y apoyó los brazos en la barrera. Ignorando los locos latidos de su corazón, estudió a los pasajeros que iban saliendo. Tendría que disimular su hostilidad hacia Brody si quería convencerlo para que fuese a la boda, pero pasara lo que pasara no iba a darle la satisfacción de mostrarse nerviosa sólo porque fuera una estrella de Hollywood. Y tampoco iba a suplicarle.

Se fijó entonces en un tipo muy alto. En contraste con el resto de los viajeros, de aspecto elegante, la ropa de aquel hombre era informal hasta el punto de ser cutre: vaqueros gastados bajos de cintura, una viejísima y descolorida camiseta de los Dodgers que dejaba al descubierto sus bíceps y una gorra que prácticamente ocultaba su rostro.

Juno pudo ver también la sombra de barba y el

oscuro pelo ondulado que le llegaba casi hasta los hombros…

¿Podría ser Brody? Si era él, no era lo que había esperado en absoluto. Con la cabeza baja, aquel hombre parecía querer pasar desapercibido.

Y estaba funcionando porque nadie se había dado cuenta de quién era.

Juno se abrió paso entre la gente, su corazón latiendo como loco.

Con la mirada en el suelo, Mac Brody intentaba olvidarse del ruido de la terminal mientras giraba los hombros para controlar la tensión y la fatiga del viaje.

Nunca le habían gustado los aeropuertos y Heathrow tenía malos recuerdos para él. La última vez que estuvo allí, tres años antes, los paparazzi le habían tendido una emboscada. Había pasado menos de una semana desde su ruptura con la top model Regina St. Clair y dos días desde que Gina vendió la historia a la prensa, contando que era adicto a la cocaína y que se acostaba con una mujer diferente cada noche.

Las fantasías de Gina podrían haber tenido gracia, pero mucha gente la había creído y desde entonces lo perseguía esa reputación de «chico malo», algo que lo sacaba de quicio porque no era verdad.

Gina se había vengado de él contando esas mentiras porque se sentía traicionada y Mac había aprendido la lección. A partir de entonces, cada vez que salía con una chica dejaba bien claro desde el principio que no quería una relación seria.

Mac miró el vestíbulo de llegadas y al ver que no había fotógrafos dejó escapar un suspiro de alivio. Podía soportar a los paparazzi cuando no tenía más remedio, pero después de un vuelo de once horas estaba agotado. Afortunadamente para él, había aprendido a mezclarse con la gente sin llamar la atención y no solían reconocerlo a menos que él quisiera ser reconocido.

Pero cuando se dirigía a la puerta de la terminal, una chica salió de detrás de una columna y se interpuso en su camino.

–¿Es usted Cormac Brody? –le preguntó.

–Baje la voz –dijo él, mirando alrededor.

–Siento molestarlo, pero tengo que hablar con usted. Es muy importante.

–Muy importante, ¿eh?

Había oído eso muchas veces, pero cuando estaba a punto de decirle que no tenía tiempo la miró a los ojos y, por alguna razón, no le salió la negativa.

Fuese quien fuese aquella chica, era una monada.

Los vaqueros y la camisa deberían darle aspecto de chicazo, pero le quedaban muy bien, acentuando una cintura estrecha y unos pechos pequeños pero altos.

Y luego estaba el impacto de esa carita ovalada y esos ojos…

Ni verdes ni azules sino algo entre medias, transparentes y enormes, fueron lo que más llamó su

7

atención. Y si añadía la melenita rubia oscura, la piel limpia y la estructura ósea perfecta, debía admitir que el efecto era fabuloso.

Mac se preguntó si sería una fan. Esperaba que no.

—¿Qué es tan importante? No tengo mucho tiempo, cariño.

Ella lo fulminó con esos ojazos que no eran verdes ni azules y Mac tuvo que disimular una sonrisa.

—No se ponga condescendiente, señor Brody.

—Le agradecería mucho que no dijese mi nombre en voz alta. No quiero que nadie se fije en mí.

Guapa o no, aquella chica empezaba a ser una molestia.

Mac miró alrededor para comprobar que nadie se fijaba en ellos y se encontró con la persona a la que menos querría ver: Pete Danners, su mayor enemigo, el paparazzi que lo había perseguido como un rottweiler tres años antes.

—Maldita sea —Mac tiró al suelo su bolsa de viaje y la tomó por los hombros para esconderse detrás de una columna.

—¿Se puede saber qué…?

—No se mueva —la interrumpió él—. Si ese hombre me ve, este viaje será una catástrofe.

Juno se quedó tan sorprendida que casi se olvidó de respirar.

¿Qué estaba pasando?

Un segundo antes estaba mirando los ojos azules de Cormac Brody y pensando que era mucho

8

más guapo en persona que en las fotografías y, de repente, él la empujaba contra una columna. Estaban tan apretados el uno contra el otro que podía sentir la hebilla de su cinturón clavada en su estómago.

–¿Qué está haciendo?

No había estado tan cerca de un hombre en seis años y debería ponerse a gritar. Pero, además de la sorpresa, sentía un calor poco familiar, un cosquilleo extraño.

–Se ha ido, gracias a Dios –dijo él entonces–. Te debo una, guapa.

–No puedo respirar…

Mac se quitó la gorra y clavó en ella sus ojazos azules.

–¿Qué te pasa? –le preguntó, tuteándola por primera vez.

«Tú me pasas», pensó Juno, pero no podía decirlo en voz alta.

–Relájate, cariño –dijo él, poniendo una mano en su cuello. Juno intentó decir algo, lo que fuera, pero sólo le salió un gemido–. ¿Qué tal si probamos con esto?

Entonces, de repente, inclinó la cabeza para besarla. Y en cuanto esos labios rozaron los suyos, el pulso de Juno se volvió loco.

Debería empujarlo, pero sin darse cuenta abrió lo labios y él aprovechó para deslizar la lengua en el interior de su boca. Y esa invasión desató un río de lava entre sus piernas, un cosquilleo que no había sentido nunca.

Sus lenguas se batían en duelo, tentativamente al principio, mientras él metía una bajo la camiseta para acariciar sus costillas… pero cuando se apretó más contra ella y sintió el duro miembro masculino rozando su vientre, Juno se apartó, asustada.

–Vaya, esto ha sido una sorpresa –murmuro él, con una sonrisa en los labios–. Pero será mejor que paremos antes de que se nos escape de las manos.

Juno lo miró, atónita.

¿Qué había hecho? Después de seis años de soltería, había besado a un completo extraño en el aeropuerto de Heathrow. Un extraño que ni siquiera le gustaba.

–¿Podría apartar la mano? –le espetó, avergonzada al notar que seguía acariciándola.

–¿Qué tal si buscamos algún sitio para seguir con esto en privado?

Juno se arregló la camisa con manos temblorosas, notando que le ardían las mejillas. ¿Pensaba que era una prostituta o algo así?

–¿Pasa algo? –le preguntó él, mirándola con cara de sorpresa.

«Pues claro que pasa algo, una ninfómana acababa de apoderarse de mi cuerpo».

–No, no pasa nada.

–¿Seguro? Actúas de una forma un poco extraña.

«No te lo puedes ni imaginar».

–Tengo que irme.

Y era cierto. Tenía que alejarse de esos ojos azules y de ese rostro tan atractivo antes de que volviese la ninfómana.

Pero él la tomó por la muñeca.

—Espera un momento.

—No, de verdad tengo que irme.

—No se besa a un hombre de ese modo para luego dejarlo plantado. Además, ¿no tenías algo importantísimo que decirme?

La invitación de boda.

¿Cómo podía haber olvidado la boda de Daisy?

—Suelte mi mano —le dijo—. Tengo algo para usted.

—Sí, eso ya lo sé —bromeó él.

Juno notó que sus mejillas ardían aún más. Maldito fuera. ¿Por qué la afectaba de ese modo?

—Es una invitación para la boda de su hermano. Se celebrará en Niza y…

La sonrisa de Mac Brody desapareció.

—¿De qué estás hablando?

—Es de mi amiga Daisy, la prometida de su hermano —insistió Juno, ofreciéndole el sobre.

Le pareció ver un brillo extraño en sus ojos, pero desapareció enseguida, de modo que no podía estar segura.

—Yo no tengo ningún hermano —dijo él, arrugando el sobre.

—Pues claro que lo tiene —replicó Juno, preguntándose qué demonios habría ocurrido entre Connor y él.

Se había prometido a sí misma que no suplicaría, pero después de lo que había pasado suplicarle ya no le parecía tan horrible.

—Por favor, tiene que ir a la boda. Es muy importante.

11

–Para mí no lo es, así que puedes decirle a tu amiga que no estoy interesado.

–¿Cómo puede ser tan… indiferente?

–¿Y por qué es asunto tuyo?

–Ya le he dicho que Daisy es mi amiga, mi mejor amiga.

–Ah, claro. ¿Y el beso fue idea tuya o de tu amiga?

–¡Usted sabe perfectamente que el beso ha sido cosa suya!

–¿Ah, sí?

–¿Sabe una cosa, señor Brody? Que sea rico y famoso no le da derecho a tratar a su familia como si fueran basura. Daisy y Connor son dos personas maravillosas y se merecen a alguien mejor que usted. Francamente, no sé por qué quieren que vaya a la boda.

De repente, Mac Brody soltó una carcajada.

–Y si te parezco tan horrible, ¿por qué me has besado?

Si no dejaba de hablar del maldito beso le daría una bofetada.

–Entonces no le conocía. Ahora lo conozco.

–Ah, pero aún no has visto lo mejor.

Juno volvió a ponerse colorada pero irguió los hombros, negándose a reconocer aquel extraño cosquilleo en el vientre.

–Me parece que sobrevalora sus encantos, señor Brody.

Él rió de nuevo.

–Pero nunca estarás segura del todo, ¿verdad?

Juno no dignificó la pregunta con una respuesta. Qué pedazo de arrogante, imbécil, creído...

Iba echando humo mientras salía de la terminal, su corazón latiendo al ritmo de sus zancadas. No estaba equivocada sobre Mac Brody, aquel hombre no merecía una familia tan maravillosa como la de Daisy, Connor y su precioso hijo, Ronan. Afortunadamente, no iría a la boda. Qué alivio no tener que volver a ver a aquel tipo insoportable en toda su vida.

Mac dejó de sonreír mientras veía a la chica salir del aeropuerto... o más bien, mientras admiraba la curva de su trasero.

No debería haberle tomado el pelo, pero le había parecido irresistible. Como lo había sido el deseo de besarla. Aunque aún no sabía muy bien por qué.

Al ver una chispa de deseo en sus ojos, el instinto se había apoderado de él. Y cuando empezó a besarla, su inocente respuesta le había parecido embriagadora.

Pero la espontaneidad era una cosa, la temeridad otra muy diferente.

Mac miró alrededor. Afortunadamente, no parecía haber paparazzi por ninguna parte. Si Danners lo hubiera visto besando a aquella chica, podría haberle hecho una docena de fotos y él no se habría dado ni cuenta.

Suspirando, tomó la bolsa del suelo y se dirigió a

la puerta. Sólo entonces se dio cuenta de que seguía teniendo la invitación de boda en la mano y se acercó a una papelera. Como le había dicho a la chica, ya no tenía hermano, no necesitaba a su familia y no tenía intención de acudir a boda alguna. Lo último que necesitaba era revivir cosas que llevaba tanto tiempo intentando olvidar.

Pero cuando iba a tirarla a la papelera, se llevó el sobre a la cara y respiró el aroma de la chica en el papel… y sintió algo, una emoción que llevaba mucho tiempo sin sentir.

La deseaba. Después de aquel beso, era evidente. No era tan sofisticada o tan complaciente como las chicas con las que solía salir en Hollywood, pero lo había cautivado. Y a él no se le cautivaba fácilmente.

Mac miró el sobre. Tal vez que fuese diferente era la razón por la que lo atraía tanto. Su ropa de chico, su piel suave y su respuesta airada representaban lo único que no había tenido en mucho tiempo: un reto.

Y ni siquiera sabía su nombre.

Murmurando una palabrota, Mac guardó el sobre en el bolsillo del pantalón.

Capítulo Dos

Mientras volvía a casa en el metro, Juno iba recordando, en detalle, su desastroso encuentro con Mac Brody.

Y cuando salió de la estación Ladbroke Grove veinte minutos después para dirigirse a Portobello, por fin tuvo que admitir la verdad: Mac Brody era un imbécil arrogante que hacía que Casanova pareciese un monje, pero él no era el único culpable. También ella había tenido algo que ver en aquella debacle.

A las dos y cuarto de un jueves, Portobello parecía un pueblo fantasma, las casetas cerradas deprimiéndola aún más. Un par de desconcertados turistas, que evidentemente, no habían leído bien la guía de Londres, daban vueltas por allí, pero la calle del famoso mercadillo estaba desierta.

Juno llegó a la tienda de Daisy, Funky Fashionista, de la que ella era gerente, y miró el escaparate que había estado colocando durante cuatro horas el día anterior, orgullosa de sí misma… y de repente sitió remordimientos de conciencia.

¿Cómo podía haber sido tan irresponsable?

Nerviosa, se pasó una mano por la cara, donde la barba de Mac Brody las había rozado. Sabía muy bien por qué: en cuanto la besó, su sentido común se había ido por la ventana.

Besarlo había sido como entrar en un rayo de sol. ¿Pero por qué su cuerpo lo había elegido a él, precisamente a él, entre todos los demás hombres? Era increíble.

Olvídate del estúpido beso, se dijo a sí misma.

No era importante, no iba a dejar que lo fuera. El atractivo Mac Brody volvería loca a cualquier mujer a doscientos metros de distancia y ella había estado mucho más cerca. Al fin y al cabo, era una estrella de cine, se dijo a sí misma. Su reacción había sido un… accidente. Un accidente de proporciones nucleares, sí, pero un accidente. No significaba nada porque no tenía intención de encontrarse con Brody de nuevo.

Juno suspiró cuando llegó al edificio de la señora Valdermeyer, que parecía el pariente pobre del precioso edificio georgiano en el que vivían Daisy y Connor.

En aquel momento, lo único que deseaba era esconderse en su habitación y pasar el resto del día revisando los libros de la tienda y convenciéndose a sí misma de que no había pasado nada.

Pero no podía hacerlo porque seis años antes había prometido que siempre se enfrentaría de cara con las situaciones. Aquella mañana había metido la pata y había decepcionado a dos personas a las que quería mucho.

Fueran cuales fueran las circunstancias, tenía que contarle la verdad a Daisy y pedirle disculpas.

–Me alegro mucho de que hayas venido –Daisy la tomó del brazo mientras la llevaba por el pasillo–. La tela del vestido de novia ha llegado por fin de Nueva Delhi. Es maravillosa, ven a verla.

–Genial –murmuró Juno, intentando mostrar entusiasmo mientras entraba en la soleada cocina–. ¿Dónde está Ronan?

–Durmiendo la siesta –Daisy suspiró mientras llenaba de agua la tetera–. ¿Quieres creer que nos ha despertado a las cuatro de la mañana? En fin, vamos a dejar a mi pequeño monstruo, tenemos que hablar de tu vestido de dama de honor –dijo luego, poniendo la tetera al fuego–. No pienso dejar que vayas a mi boda en vaqueros… ¿pero qué te ha pasado en la cara? ¿Es una erupción?

Juno se llevó una mano a la mejilla.

–Pues… no lo sé.

–Espera, voy a buscar una crema de aloe vera, es buenísima para las erupciones cutáneas.

–No, no hace falta, no me duele –dijo Juno, tragando saliva–. Verás, Daisy, tengo que hablar contigo. He hecho algo muy irresponsable y…

–¿Tú, irresponsable? –la interrumpió su amiga–. No me lo creo. Eres la persona más juiciosa que conozco.

Sí, bueno, hasta ese día…

–He visto a Mac Brody en el aeropuerto –empezó a decir Juno– e intenté darle la invitación.

–¿Has visto a Mac, el hermano de Connor?

–Fue una idea absurda intentar convencerlo para que fuese a la boda, pero yo sabía que os haría mucha ilusión y…

–Espera un momento –volvió a interrumpirla Daisy–. ¿Estás diciendo que has ido al aeropuerto de Heathrow esta mañana para buscar a Mac Brody?

–Sí.

Su amiga soltó una carcajada.

–Pero eso es fantástico. Cuéntame todos los detalles, por insignificantes que te parezcan. ¿De verdad es tan guapo como en las películas?

Juno se puso colorada.

–La verdad es que no he visto ninguna de sus películas, pero es tan guapo como en las revistas. Y tú no deberías decir esas cosas ahora que prácticamente eres una mujer casada.

¿Ninguna mujer era inmune a los encantos de Mac Brody?, se preguntó, irritada.

–Puede que esté prácticamente casada, pero no estoy ciega –replico Daisy–. Además, es lógico que lo encuentre guapo porque Connor y él se parecen muchísimo.

Juno asintió con la cabeza. El rostro de Mac Brody estaba grabado en su memoria para siempre.

Los dos hermanos se parecían mucho, era cierto. Las facciones de Mac Brody eran menos duras que las de Connor y el color de sus ojos más puro, más azul, pero los dos eran altos, morenos y de clara ascendencia celta. Los altos pómulos, las bien definidas cejas, el físico atlético y ese aire de peligro... ¿cómo no se había dado cuenta hasta que Daisy lo mencionó?

Tal vez porque cuando miraba a Connor su corazón no se aceleraba como le había pasado con su hermano.

–Da igual el aspecto que tenga, la cuestión es que se niega a ir a la boda. Incluso me dijo que él no tenía ningún hermano. Pero entonces perdí la paciencia con él... y quería pedirte disculpas porque ahora no hay ninguna posibilidad de que vaya a tu boda.

–¿Por qué tienes que pedirme disculpas? Ya sabíamos que no iba a ir. En realidad, yo había sido muy optimista al escribirle esa carta. Connor era igual de cabezota cuando lo conocí, pero sabiendo lo que les pasó cuando eran niños, no es ninguna sorpresa que Mac reniegue de su familia –Daisy dejó escapar un largo suspiro.

¿Qué le había ocurrido a la familia de Mac Brody?

Juno estuvo a punto de preguntarlo, pero se contuvo. Tal vez había algo más de lo que ella había pensado. Pero Mac Brody tenía razón sobre una cosa, no era asunto suyo y ya se había metido en suficientes problemas.

–Imagino que Mac necesita una familia tanto como Connor –siguió Daisy–. Pero probablemente aún no se ha dado cuenta. Bueno, cuéntame, ¿qué te ha parecido?

–¿Qué más da eso?

Tal vez Mac Brody no era un imbécil como había pensado, tal vez tenía razones para tratar a Connor de esa manera. Pero daba igual lo que pensara de él porque no pensaba volver a verlo.

–La revista *Blush* lo nombró el hombre más sexy del planeta y, según dicen, ahora mismo no tiene novia –siguió Daisy–. Imagino que es un hombre al que ni siquiera tú eres inmune.

Juno vio la trampa entonces. Desde que se enamoró de Connor, su amiga había intentado, a veces sutilmente a veces no tanto, convencerla para que volviera a salir con alguien. Y había invitado a Mac Brody a la boda para que lo conociese…

–¡Ha ocurrido algo! –exclamó Daisy entonces–. Lo sé, lo veo en tu cara.

–No ha pasado nada…

–¡Le has dado un beso!

Juno la miró, perpleja. ¿Su amiga era vidente?

–Eso que tienes en la cara no es una erupción, es el roce de una barba… Mac debe de haber venido directamente de Los Ángeles, así que imagino que no tuvo tiempo de afeitarse –siguió Daisy, con aterradora puntería.

Ah, de modo que no sólo era capaz de leer sus pensamientos, también era Sherlock Holmes.

–Fue un error, no sé cómo ha pasado –empezó a decir Juno–. Tenía que esconderse de un fotógrafo y entonces…

¿Entonces qué? ¿El beso había frito todas sus neuronas?

–No tuvo la menor importancia.

–Mentira –dijo Daisy–. Es el primer hombre al que besas desde Tony. Y eso significa que hay algo.

Juno hizo una mueca al escuchar el nombre de Tony.

–Esto no tiene nada que ver con Tony. Me olvidé de él hace años.

–Sí, ya lo sé, pero llevas seis años haciendo penitencia por eso.

–No sé de qué estás hablando.

–Sí lo sabes –su amiga dejó escapar un suspiro–. ¿Cuándo fue la última vez que te pusiste un vestido?

–No me gustan los vestidos, no me quedan bien.

–Por favor… ¿cuándo fue la última vez que te pintaste los labios? ¿O que saliste de Londres? ¿O que tonteaste con un chico? ¿Por qué te da vergüenza haber besado a Mac Brody? Es el sueño de todas las mujeres… –Daisy inclinó a un lado la cabeza, como aguzando el oído–. Ah, Ronan se ha despertado. Pero no te vayas, en cuanto le dé el pecho seguiremos hablando de tu vestido de dama de honor. Y cuando por fin conozca a Mac Brody voy a darle un abrazo por hacer que mi mejor amiga se sienta como una mujer otra vez.

Juno soltó un bufido mientras Daisy salía de la cocina para atender a su hijo.

Por si el beso de Brody no fuera suficiente, las palabras de su amiga la hacían sentir como si tuviera un problema psicológico.

Suspirando, enterró la cara entre las manos y cerró los ojos mientras escuchaba a Ronan llorando por el monitor. Juno imaginó a su amiga sentada en la mecedora blanca mientras le daba el pecho y, de repente, sintió que se le encogía el corazón.

¿Qué le pasaba? ¿De dónde había salido ese ridículo anhelo, esa sensación de vacío?

¿Y si Daisy tenía razón? Había sobrevivido a lo que pasó seis años antes, ¿pero cómo podía decir que lo había superado si estaba escondiéndose desde entonces?

Por eso besar a Mac Brody había sido tan espectacular. Después de seis años fingiendo que no sentía el menor interés por el sexo opuesto, con un solo beso había recordado lo que se estaba perdiendo. Y, al mismo tiempo, la había enfrentado con su propia vida. No sólo juiciosa, cauta y ordenada, sino terriblemente vacía y aburrida.

Juno miró los restos del desayuno que Connor y Daisy habían compartido en la mesa del patio, a la sombra de un sauce. Y, de nuevo, volvió a sentir una punzada de envidia.

Se había quedado a un lado durante el último año, viendo cómo Daisy encontraba al amor de su vida y tal vez era hora de dar un paso adelante y admitir que sobrevivir ya no era suficiente, que vestir como un chico y convertirse en monja había dejado de ser útil. ¿Tan terrible sería admitir que quería algo más?

Oyó entonces a Daisy cantándole una nana a su hijo y sintió un escalofrío de emoción.

Podía seguir siendo práctica y sensata, ¿pero por qué no iba a dejar que Daisy diseñara su vestido de dama de honor? Hasta entonces se había resistido porque temía que le hiciera algo exageradamente femenino… claro que dado la propensión de Daisy a los vestidos exagerados y su ilusión porque volviera a salir con algún chico, su precaución estaba perfectamente justificada.

Pero ya no había justificación posible. Tenía que dejar de ser una cobarde y empezar a vivir otra vez.

Y si podía besar a una estrella de Hollywood en el aeropuerto de Heathrow y vivir para contarlo, también podía dejar que su mejor amiga le diseñase un vestido. Especialmente si le dejaba claro que quería uno sencillo y discreto.

En serio, ¿qué podía pasar?

Capítulo Tres

–Daisy, no sé qué decir –Juno se miraba al espejo, atónita, el vestido de satén en color bronce acariciando unas curvas que no creía poseer hasta cinco segundos antes–. Es casi como ir desnuda. No puedo entrar en la iglesia llevando esto… al sacerdote le daría un infarto.

Daisy soltó una carcajada.

–Al sacerdote no le dará un infarto, no te preocupes –replicó, inclinando a un lado la cabeza para observar su creación–. Pero puede que intente tontear contigo. Al fin y al cabo, es francés.

–¡Tengo escote! –exclamó Juno–. ¿Quién lo hubiera imaginado?

–Ya te dije que la ropa interior para profesionales del sexo servía de mucho –comentó Daisy, tan tranquila–. Estás sensacional, pero la cuestión es: ¿cómo te sientes tú? ¿Te gusta?

Juno se dio una vueltecita frente al espejo para mirar el escote de la espalda. No se había puesto algo tan bonito en toda su vida… o tan revelador.

La media melena rizada, el brillo en los labios y el rímel en las pestañas hacían que sus facciones, que a ella siempre le habían parecido normales, pareciesen exóticas. Y su figura, normalmente oculta por varias capas de ropa, parecía esbelta con el vestido de satén en color bronce.

Daisy había hecho que se sintiera sexy por primera vez en su vida, ¿pero tendría valor para ponerse ese vestido? Cuando decidió sacar a pasear su feminidad no había pensado mostrarse tan liberada.

–Me siento como una persona diferente.

–¿Diferente para bien o para mal?

–Me da miedo, pero la verdad es que me encanta –le confesó Juno por fin.

Daisy sonrió.

–Me alegro mucho. Y es lógico que te dé un poco de miedo, vas a hacer que la gente se caiga de espaldas. Pero recuerda: no puedes robarme toda la atención. Y no debes llorar o se te correrá el rímel y parecerás un mapache.

Juno soltó una carcajada.

–No lloraré, no te preocupes.

Nunca se había sentido más joven y más alegre.

Juno apretaba el ramo de flores mientras intentaba concentrarse en las palabras del sacerdote. Los ramos de lirios blancos perfumaban el aire de la iglesia mientras Daisy y Connor pronunciaban sus votos matrimoniales con voz clara y el elaborado corpiño del vestido de novia brillaba bajo el sol que entraba por las vidrieras, dándole aspecto de princesa de cuento.

Juno pasó la mano por la falda de su vestido y sonrió, contenta. Había dejado de creer en finales felices mucho tiempo atrás, pero estar allí, viendo a su mejor amiga dar el sí quiero, hacía que todo pareciese posible.

Daisy se había esforzado mucho para que su relación con Connor funcionase y había encontrado al hombre de sus sueños. Pero, en su opinión, los hombres como Connor eran muy raros y debía recordar eso para no emocionarse demasiado.

Juno arrugó el ceño cuando la voz del sacerdote fue ahogada por un coro de toses, carraspeos y susurros. De repente, sintió que se le ponía la piel de gallina y tuvo la sensación de que alguien la miraba. Y cuando se arriesgó a mirar por encima de su hombro… su corazón se detuvo durante una décima de segundo.

Era él.

No, no podía ser, era imposible.

Parpadeó furiosamente, convencida de estar viendo visiones. Pero no era así. El hombre que había sido la estrella de demasiados sueños durante las dos últimas semanas acababa de entrar en la iglesia y estaba mirándola directamente.

—Connor, es Mac. Ha venido —oyó que decía Daisy. El sacerdote carraspeó, molesto por la interrupción—. *Excusez-moi, monsieur* —se disculpó ella atropelladamente—. Un momento, por favor, ha llegado una persona muy importante —dijo luego, apretando la mano de Connor—. Ven, tenemos que darle la bienvenida.

Juno se quedó donde estaba, viendo cómo Daisy se levantaba el vestido de novia para bajar los escalones del altar y abrazar a Mac Brody. Le pareció que él se ponía un poco tenso y, cuando por fin Daisy lo soltó, los dos hermanos se dieron la mano. No podía oír lo que decían, pero no se le escapó la postura rígida de Brody.

Mordiéndose los labios, Juno vio que se acercaba a su banco. Pero no iba a dejar que la intimidase, pensó. Ella no era la cría ingenua e inexperta a la que había besado en el aeropuerto. Ahora era más fuerte, más sofisticada. O, al menos, lo parecía.

—No te vas a creer quién ha venido. Juno, me parece que ya conoces al hermano de Connor, Mac.

Se había cortado el pelo y el nuevo estilo, junto con un buen afeitado y el elegante traje gris, deberían darle un aspecto menos peligroso. Pero no era así.

—Hola otra vez, señor Brody —lo saludó, a pesar de que las mariposas seguían dando vueltas en su estómago.

—Juno, ¿verdad? El nombre de una diosa —dijo él, clavando en ella sus penetrantes ojos azules—. Te pega mucho.

El sacerdote volvió a toser y Juno lo miró, sorprendida porque había olvidado que estaban en medio de una ceremonia.

Se concentró en los novios, intentando olvidar al hombre que se había colocado a su lado. Sin embargo, le llegaba el aroma de su colonia…

¿Y qué estaba haciendo allí? ¿No era el mismo hombre que se había negado a acudir a la boda del hermano que decía no tener?

Después de unos minutos que le parecieron siglos, el sacerdote pronunció la frase: «Yo os declaro marido y mujer» y Connor tomó a su esposa por la cintura para darle un beso de cine.

–Eso parece divertido –el provocativo susurro en su oído le produjo un escalofrío–. ¿Qué tal si probamos tú y yo?

Juno se irguió todo lo que pudo. Ah, qué típico. Mientras Daisy había encontrado al hombre de sus sueños, ella era tentada por el mismo demonio.

–No, gracias –respondió–. Una vez es más que suficiente para mí.

Pero entonces, sin que pudiese evitarlo, sus ojos se clavaron en los labios de Mac Brody.

–Una vez no es suficiente, Juno –murmuró él, su nombre sonando como una caricia–, especialmente para ti y para mí.

Ella le dio la espalda, conteniendo el deseo de darle un golpe en la cabeza con el ramo. Parecía haber ido a la boda sólo para tomarle el pelo.

Connor soltó a su esposa entonces y Daisy la abrazó.

–Soy tan feliz que creo que voy a explotar –le dijo al oído.

–Te has casado con el mejor hombre del mundo. Y creo que casi te merece.

Connor apretó la mano de su hermano.

–Me alegro de que hayas venido, Mac. Ha pasado mucho tiempo –le dijo, su voz llena de emoción–. Demasiado tiempo.

–Sí –dijo Mac, después de aclararse la garganta.

–¿Vas a venir al banquete? Daisy y yo queremos que conozcas a Ronan, nuestro hijo. Después de todo, eres su tío.

–Sí –asintió Mac. La respuesta sonaba apática.

Y Juno reconocía ese tono porque era el mismo que había usado en el aeropuerto, cuando le dijo que no tenía ningún hermano.

–No sabes lo que esto significa para nosotros, Mac –intervino Daisy–. Lo único que importa ahora mismo es que estás aquí… y espero que hayas venido con apetito porque tenemos suficiente cocina francesa como para dar de comer a un regimiento.

–Imagino que comeré algo –asintió él.

–Connor y yo tenemos que saludar al resto de los invitados, así que te dejo en manos de Juno, que es mi mejor amiga. Ella te presentará a todo el mundo.

«No, de eso nada».

Juno la miró, horrorizada. Pero no era capaz de encontrar una excusa.

–No tengas miedo, no te va a morder –le dijo Daisy al oído–. O al menos, ahora mismo no.

Después de eso, Daisy y Connor salieron de la iglesia como marido y mujer, seguidos del resto de los invitados.

Juno no sabía qué hacer con las manos. Le encantaba el vestido que Daisy había hecho para ella, pero bajo la mirada de Mac Brody se sentía desnuda.

–El château donde se celebra el banquete está a diez minutos de aquí –le dijo, después de aclararse la garganta–. Allí te presentaré a todo el mundo.

–No hace falta que me presentes a nadie. Y no sé cómo llegar al château, así que deberías ir conmigo. No querrás que me pierda, ¿verdad?

«No tendré esa suerte».

–No, por favor –respondió Juno, sin embargo.

Mac rió, tomándola del brazo.

–Muy bien, cariño.

Ella se concentró en respirar y en no tropezar con los zapatos de tacón.

–No he comido nada en todo el día y estoy muerto de hambre –dijo Mac.

Y ella no pudo controlar un escalofrío. ¿Por qué tenía la impresión de que no era sólo el banquete de Daisy y Connor lo que aquel hombre quería devorar?

En medio de un bosque de robles que parecían dorados a la luz del atardecer, apareció el castillo francés, con sus torres engalanadas. Cuando el poderoso deportivo llegó a la entrada, desde la que se veía a los elegantes invitados servidos por un ejército de camareros, Juno pensó, y no por primera vez, en príncipes, en princesas y en cuentos de hadas. Daisy y Connor habían convertido su boda en algo mágico...

Pero ya estaba bien de pensar tonterías, se dijo. No era apropiado en aquellas circunstancias.

Luego miró al hombre que tenía a su lado. En los veinte minutos que habían tardado en llegar, Mac Brody había ido sorprendentemente callado. Probablemente porque se había visto rodeado de gente en cuanto Daisy y Connor desaparecieron en el coche de los novios.

Sabía que era famoso, pero no sabía que lo fuese tanto. En realidad, rara vez iba al cine porque no tenía mucho tiempo libre y tampoco solía leer las revistas de cotilleos.

Pero lo que más la sorprendió fue su reacción. Mac se había mostrado paciente, simpático y hasta cariñoso con la gente que le pedía autógrafos. Y eso hizo que se preguntara qué había sido del hombre burlón y engreído al que había conocido en el aeropuerto.

Parecía haberse relajado cuando subieron al Porsche alquilado, pero en cuanto el château apareció en la distancia vio que apretaba el volante con fuerza, como preparándose para lo que lo esperaba.

¿Por qué habría decidido ir a la boda después de todo si sabía que iba a pasarlo mal?

–¿Crees que podrás caminar sobre la gravilla con esos zapatos? –le preguntó Mac.

Seguramente estaba acostumbrado a mujeres que podían correr una maratón en tacones, pero el comentario sonaba más divertido que desdeñoso.

–Creo que podré. Y si no, me quitaré los zapatos. Pero no puedes decírselo a Daisy.

–¿Por qué no?

–Porque los diseñó ella misma, igual que el vestido. Si me quito los zapatos, me acusará de haber arruinado el conjunto.

Mac la miró de arriba abajo y su pulso se aceleró de nuevo.

–Pues Daisy tiene mucho talento. Estás preciosa.

El brillo de sus ojos azules hizo que Juno se quedase sin respiración.

«Muy bien, guapa. Ahora vuelves a sentir como si estuvieras desnuda».

Capítulo Cuatro

¿Dónde demonios se había metido?

Mac la buscó en el salón de baile por enésima vez antes de mirar su reloj, impaciente. Juno había desaparecido tres horas antes, en cuanto llegaron al château, y aunque la había buscado por todas partes, no había vuelto a verla.

Todo el mundo parecía estar pasándolo de maravilla; todo el mundo menos él. No había estado tan tenso desde su primer estreno en Broadway.

¿Cómo una pareja podía tener tantos amigos?, se preguntó mirando alrededor. Y todos ellos se habían acercado para saludarlo… todos salvo la mujer a la que había ido a ver.

«Tranquilízate».

Mac se apoyó en la pared, suspirando. Al menos se había librado del grupo de adolescentes que llevaban una hora persiguiéndolo.

Mientras observaba a los invitados en la pista de baile y esperaba en vano ver a la chica de los rizos rubios, volvió a hacerse la pregunta que llevaba haciéndose toda la tarde.

¿Por qué había ido a la boda?

El día anterior había estado en la fiesta de fin de rodaje de su última película, en Londres, y su coprotagonista, Imelda Jackson, le había hecho una oferta que no debería haber rechazado. Pero le había dicho que no.

Y no había la menor duda: la culpable era la invisible señorita Juno.

Parecía haberlo hechizado, llevándolo allí contra su voluntad con su canto de sirena. Desde que la besó en el aeropuerto de Heathrow no había podido apartarla de su mente. Y cuando despertó por la mañana, después de un erótico sueño en el que ella era la estrella principal, se dio cuenta de que era hora de entrar en acción.

Él no era un obseso del sexo y nunca dejaba que las mujeres invadieran sus sueños, de modo que, después de una ducha fría, había cancelado su vuelo de vuelta a Los Ángeles y había reservado un vuelo a Niza.

Pero cuando llegó a la capilla se dio cuenta de que había cometido un error. Ver a su hermano de nuevo había sido como recibir un puñetazo en el plexo solar y, por si eso no fuera suficiente, allí estaba Juno, su esbelta figura envuelta en un vestido que parecía acariciar sus curvas como la mano de un amante.

Una mirada a esos preciosos ojos suyos que no eran ni verdes ni azules y supo que lidiar con Connor no iba a ser el mayor de sus problemas.

El problema era que Juno había desaparecido.

Después de varias horas charlando con gente a la que no conocía, de dar vueltas por el château como un tonto buscando a alguien que había desaparecido y evitando a su hermano y a su flamante esposa,

Mac empezaba a enfadarse con ella y consigo mismo.

Debería marcharse, pero no era capaz de hacerlo. No podía alejarse de Juno sin hablar con ella al menos. No sabía qué le había hecho dos semanas antes en el aeropuerto, pero tenía que resolverlo esa misma noche porque no iba a pasar un minuto más pensando en ella... especialmente después de haberla visto con ese vestido.

Después de dejar su copa en la bandeja de un camarero que pasaba por su lado, de nuevo miró alrededor. Siendo la dama de honor no podía haberse marchado, de modo que estaba evitándolo. Y ésa era una experiencia nueva para él.

Una cosa era segura: cuando le pusiera las manos encima no la dejaría escapar.

Mac vio algo dorado por el rabillo del ojo y cuando giró la cabeza se encontró con unos rizos rubios...

Allí estaba.

Sin fijarse en la gente que lo seguía con la mirada, Mac se dirigió hacia su presa.

–Juno, menos mal que te encuentro –Daisy apartó un mechón de pelo de su cara, riendo–. ¿Dónde está Mac? Connor teme que se haya ido sin decir adiós.

–¿Por qué iba a hacer eso? –preguntó ella, intentando disimular.

Le había dado esquinazo horas antes y no estaba muy orgullosa de sí misma. Pero cuando la miró de esa forma, como si pudiera ver debajo del vestido, le había entrado pánico.

No había estado evitándolo… bueno, no del todo.

El plan había sido cambiarse de zapatos y buscarlo después. Al fin y al cabo, Daisy le había pedido que lo atendiese y, además, seguramente había imaginado esa mirada. Pero cuando volvió de su habitación, Mac estaba rodeado por un grupo de adolescentes y después de eso lo había visto hablando con Joannie, una amiga de Daisy que pertenecía a una de las familias más adineradas de Londres. De modo que se había quedado charlando con la señora Valdermeyer y con un artista de Nueva York, Monroe Latimer, sobre arte moderno.

Mac nunca estaba solo, de modo que no tenía por qué sentirse culpable.

–Yo creo que el pobre no estaba preparado para esto –siguió Daisy–. Además, es evidente que ha venido sólo para volver a verte a ti.

–¿A mí? ¿Por qué dices eso?

–Por favor… te ha echado una mirada que podría haber iluminado la mitad de Londres.

–¿De verdad? –murmuró Juno.

Y luego se dio cuenta de que parecía una tonta. ¿Qué le pasaba? Ella no quería que Mac Brody la mirase de ninguna manera.

–Pues claro que sí. Y eso significa lo que yo sospechaba: que no me has contado todo lo que pasó en el aeropuerto.

–No seas boba. No pasó nada.

No debería haberle contado lo del beso. Su romántica amiga estaba imaginando cosas que no eran y empezaba a contagiarla.

–Puede que te engañes a ti misma sobre ese beso, pero el asunto es que está aquí ahora y parece muy interesado. ¿Por qué te escondes de él?

–No me estoy escondiendo –se defendió Juno.

–¿Y si no te estás escondiendo por qué no vas a charlar un rato con él? Si supieras lo que Joannie Marceau dice de Mac, sabrías que tienes competencia.

¿Cuánto champán había tomado Daisy?, se preguntó ella.

–No pienso ir a hablar con él. No está interesado, así que ir a buscarlo sería…

¿Qué sería exactamente?

¿Loco, aterrador, emocionante, electrizante?

Juno arrugó el ceño. ¿Cuántas copas de champán había tomado ella?

–A veces uno tiene que hacer las cosas sin pensarlo tanto –siguió Daisy–. Pero te garantizo una cosa: si Mac es igual que Connor en la cama, no lo lamentarás.

Juno sintió que su cara estaba a punto de explotar.

–Baja la voz, hay niños presentes –la regañó su marido, que acababa de acercarse con Ronan en brazos.

Daisy soltó una carcajada.

–Hola, cariño. No sabía que estuvieras escuchando.

–Y es demasiado tarde para retirarlo –Connor sonrió, tomándola por la cintura con el brazo libre–.

Has prometido amarme, honrarme y cuidar de mí durante el resto de tu vida, ángel mío. Lo tengo por escrito.

Juno carraspeó, sintiéndose incómoda. Connor y Daisy tonteaban delante de ella todo el tiempo y no le había molestado nunca. Además, aquél era el día de su boda.

–No mires, pero viene hacia aquí –murmuró Daisy.

Juno sabía a quién se refería porque podía sentir el calor de la mirada de Mac Brody en la nuca.

Se quedó sin aliento cuando giró la cabeza y vio que se acercaba. Metro ochenta y ocho de hombre, sus ojos azules clavados en ella con la intensidad de un misil teledirigido. Y su pulso se aceleró en segundos. No sólo parecía peligroso, parecía salvaje y la hacía sentir como un conejo cegado por los faros de un coche.

¿Por qué la miraba así? ¿Y por qué sentía ella como si estuviera a punto de arder por combustión espontánea?

–Hola.

–Te presento a tu sobrino, Ronan –dijo Connor, acariciando el pelito del niño, dormido sobre su hombro–. Ronan Cormac Brody.

–Ronan, ¿eh? –murmuró Mac por fin–. Es un niño muy guapo.

–Sí, es verdad –asintió su hermano.

La resignación que había en su tono entristeció a Juno. ¿Por qué se mostraba Mac tan reservado? ¿No se daba cuenta de que le habían puesto su nombre?

–Y está agotado, deberíamos llevarlo a la cama. Pero nos alegramos mucho de que hayas venido, Mac. Nos habría gustado estar más tiempo contigo, pero entendemos que no te encuentres cómodo.

Juno esperó que Mac lo negase. ¿Habría estado evitando a Daisy y Connor toda la noche? ¿Por qué?

Pero Mac no lo negó. De hecho, no ofreció explicación alguna.

Daisy apretó su mano, tan conciliadora como siempre.

–Puedes ir a visitarnos a Londres cuando quieras.

–Gracias. Ha sido un placer conocerte… y al niño.

Estaba claro que no pensaba aceptar la invitación.

Después de despedirse, Juno vio que la pareja se alejaba, Connor pasándole un brazo por la cintura a su flamante esposa mientras ella apoyaba la cabeza en su hombro. Los pobres se habían llevado una desilusión, pero intentaban disimular.

Entristecida por sus amigos, reunió valor para mirar a Mac Brody y preguntarle lo que había querido preguntar desde que lo vio en la iglesia.

–¿Por qué has venido a la boda? Es evidente que no te hacía ninguna ilusión.

–¿Tú crees?

Juno abrió la boca para preguntarle qué demonios le pasaba, pero antes de que pudiese decir nada Mac la tomó del brazo y empezó a tirar de ella, abriéndose paso entre los invitados.

–¿Se puede saber qué haces?

La gente los miraba, gente a la que ella conocía.

Y si no paraba, se rompería un tobillo intentando seguir sus pasos. Enfadada, Juno se esforzó en soltarse pero él la apretó más y no dejó de caminar hasta que salieron a uno de los balcones.

Y cuando por fin la miró a los ojos, Juno tuvo la impresión de que estaba mirando a un tigre.

–¿Te has vuelto loco? –exclamó.

–Llevo tres horas buscándote. ¿Se puede saber dónde te has metido?

Juno se quedó tan sorprendida por la acusación que no sabía qué decir. No podía sentirse halagada, eso sería absurdo. La emoción que sentía tenía que ser otra cosa.

–¿Y por qué tengo que estar pendiente de ti? –consiguió decir por fin.

–Se supone que deberías hacerlo, Daisy te lo ha pedido. No deberías esconderte como si fueras una niña pequeña.

–Has estado ocupado todo el tiempo, no creo que me hayas echado de menos.

–Entonces estabas escondiéndote. ¿Por qué?

–No me estaba escondiendo –replicó ella.

–¿A qué estás jugando? Primero me besas y luego sales corriendo.

–Yo no…

–Deja de hacerte la dura, Juno. No hace falta –murmuró Mac, sus labios a un centímetro de los suyos–. Créeme, ya tienes toda mi atención.

Ella puso las manos sobre su torso, temblando. Pero Mac la envolvió en sus brazos, el calor de su cuerpo quemándola a través de la tela del vestido.

–Yo no quiero tu atención –le dijo. Pero sus palabras sonaban poco convincentes, su pulso latiendo como las alas de un pájaro atrapado.

–¿Ah, no? ¿Por qué no me lo demuestras entonces?

Cuando empezó a besarla, Juno se agarró a su camisa para apartarlo… pero sus labios se abrieron como por voluntad propia y, sin querer, se rindió a las posesivas caricias de su lengua.

–Devuélveme el beso –susurró él.

Sin pensar, Juno le echó los brazos al cuello, rindiéndose por completo, el deseo recorriendo su sangre como un río de champán. Sus lenguas se encontraron en una frenética danza y experimentó una sensación de poder desconocida al sentirlo temblar.

Mac se apartó, con la respiración entrecortada.

–No más juegos, he venido sólo por ti –murmuró–. Mi hotel está cerca de aquí. Si nos damos prisa, llegaremos en diez minutos.

Juno intentó entender lo que le estaba pasando. Mac parecía haber encendido una llama en su interior, una llama que estaba a punto de convertirse en un incendio. Quería que siguiera besándola, tocándola. Estaba cansada de tener miedo, cansada de negarse a sí misma el contacto con un hombre. Nunca lo había deseado antes de ese modo, ni siquiera con Tony, pero lo deseaba con Mac. Aquél era el momento que había esperado; el momento en el que superaría del todo lo que ocurrió seis años antes. Tenía que aprovechar la oportunidad o lo lamentaría durante el resto de su vida.

De modo que dijo lo único que parecía importante:

—No llevo preservativos.

—Ah, me encantan las mujeres prácticas —bromeó él—. No te preocupes, yo sí vengo preparado, pero los tengo en el hotel —dijo luego, pasando un dedo por el pulso que latía en su cuello—. ¿Estás segura de esto, Juno?

Que le preguntase cuando era obvio que estaba segura le dio valor para dar el último paso.

—Sí —afirmó.

—Menos mal —Mac dejó escapar un suspiro de alivio mientras tomaba su mano para entrar de nuevo en el salón—. Vámonos de aquí. Ya hemos perdido demasiado tiempo.

Capítulo Cinco

Llegaron al hotel en ocho minutos, con Mac conduciendo el Porsche como un maníaco y Juno temblando en el asiento del pasajero. El olor de la cara piel de los asientos y el del hombre que estaba a su lado parecían envolverla en un capullo que la apartaba del mundo real.

Intentaba concentrarse en el aspecto físico, en los latidos de su corazón, en el olor del campo, que entraba por las ventanillas abiertas del Porsche. No podía permitirse pensar en las consecuencias, en ser juiciosa y práctica. Esa noche no.

Pero mientras iban hacia la entrada del hotel, Juno recordó aquel verano, seis años antes. ¿Y si no estaba a la altura?

Cuando entraron en la suite, intentó recordar que ya no era una cría. Había crecido, había sobrevivido a la peor parte y por eso iba a dar el siguiente paso. Aquella noche con Mac no tenía nada que ver con el amor o con los sueños, sino con el placer físico, nada más.

Tony le había robado algo seis años antes e iba a recuperarlo. Eso era lo único que importaba.

Mac no le pidió permiso, sencillamente tiró de su mano para llevarla al dormitorio. No había dicho una palabra durante el camino y tampoco ella.

Su pulso se aceleró al ver que se quitaba la chaqueta para tirarla sobre un sillón. Cuando encendió la luz, Juno parpadeó, nerviosa. Le parecía impresionantemente masculino y fuera de lugar en aquella habitación llena de muebles antiguos.

–¿Qué ocurre? –le preguntó Mac.

–Nada –murmuró ella, sintiéndose como una tonta.

¿Y si lo hacía mal? ¿Y si cometía algún error? En las cómodas sombras del jardín, con Mac haciéndole perder la cabeza, todo le había parecido muy sencillo. Pero allí, en la habitación del hotel, con la luz encendida, ya nada le parecía sencillo.

Ella no sabía mucho sobre el sexo. No había hecho el amor en seis años y lo poco que recordaba de la última vez no la preparaba para acostarse con un hombre como Mac Brody. Un hombre que seguramente se había acostado con tantas mujeres que ni siquiera podía recordarlas a todas.

Mac puso una mano en su hombro y Juno se sobresaltó.

–Tranquila, relájate. Vamos a pasarlo bien, te lo prometo. No voy a lanzarme sobre ti como un tigre.

Juno no podía hablar, los rápidos latidos de su corazón ahogándola. Casi preferiría que lo hiciera, que se lanzara sobre ella como un tigre. Entonces podrían terminar rápidamente, antes de que perdiese el valor.

Se sentaron sobre la cama y Mac apartó su pelo para besarla en el cuello. Y, de nuevo, algo se encendió dentro de ella.

«Piensa en el momento, Juno, piensa en el momento».

Con manos temblorosas, acarició los pectorales y los abdominales marcados por encima de la camisa… pero cuando él bajó los tirantes de su vestido para dejar al descubierto el sujetador de encaje, Juno se quedó inmóvil.

No podía hacerlo.

Mac se llevó su mano a los labios para depositar un beso.

—Bueno, por el momento es suficiente —dijo con voz ronca—. Pareces muerta de miedo. ¿Qué te pasa?

Ella tragó saliva. ¿No se daba cuenta? ¿No veía que aquello no era lo suyo?

—¿Podemos apagar la luz? —susurró.

No quería que la viese desnuda. Sus pechos eran pequeños, sus caderas delgadas como las de un chico…

Mac tomó su cara entre las manos, mirándola con una ternura que no había esperado.

—No, no podemos. No he esperado dos largas semanas para hacerte el amor en la oscuridad.

Juno abrió la boca para protestar, pero él puso un dedo sobre sus labios.

—Vamos a llegar a un acuerdo, ¿te parece?

—¿Qué… acuerdo?

—¿Por qué no marcas tú el ritmo?

—¿No te importa? —susurró ella, patéticamente agradecida por el inesperado respiro.

—¿Por qué iba a importarme? —Mac sonrió, una

sonrisa llena de promesas–. Tú vas a hacer todo el trabajo.

Juno intentó sonreír. Tal vez aquella noche no terminaría siendo un desastre total.

Le temblaban las manos mientras desabrochaba los botones de su camisa, pero con cada centímetro de piel morena cubierta de suave vello oscuro que iba descubriendo recuperaba un poco más el valor. Y, lentamente, el deseo volvió a la vida.

Olía de maravilla, a gel, a colonia masculina, a hombre. Lo oyó gemir cuando pasó los dedos por sus pectorales, pero la exploración se detuvo en la hebilla del cinturón. No podía apartar la mirada del bulto marcado bajo los pantalones, que se había vuelto más prominente.

Pensaba que podía hacerlo, ¿pero de verdad estaba lista para controlar aquello?

–Juno, ¿es tu primera vez?

Ella levantó la mirada, con las mejillas ardiendo.

–No, claro que no. Tengo veintidós años –respondió, intentando parecer indignada.

–Pero tienes poca experiencia, ¿verdad?

Nerviosa, Juno decidió que lo mejor sería marcharse cuanto antes, pero cuando intentó levantarse él la tomó por la cintura.

–¿Qué ocurre? ¿Dónde vas?

–Tienes razón, no tengo mucha experiencia. De hecho, apenas tengo experiencia –le confesó. ¿Para qué iba a mentir? Podría haber madurado emocionalmente desde aquella horrible noche seis años atrás, pero eso no era suficiente para tratar con un hombre como Mac Brody–. Y como tú te has acostado con tantas mujeres, te vas a llevar una desilusión.

¿Por qué había pensado que aquello podría funcionar? Ponerse un vestido bonito y un poco de maquillaje no la convertía en una diosa del sexo.

Mac levantó su barbilla con un dedo para que lo mirase a los ojos.

–Cariño, no debes preocuparte por eso. Si estuviera más excitado, tendrían que llevarme al hospital. Y esto no es una prueba –siguió, deslizando un dedo por el escote del vestido–. No voy a darte nota después. Pero si tienes miedo, ¿por qué no dejas que yo marque el ritmo un rato?

De repente, Juno no podía respirar. El sonido de su voz, el roce de su dedo… no podía concentrarse.

–No soy tan promiscuo como tú crees –dijo Mac, mientras desabrochaba el vestido–, pero parece que tengo un poco más de experiencia.

El sonido de la cremallera le pareció ensordecedor en el silencio de la habitación.

Juno tembló mientras bajaba el corpiño, dejándola desnuda de cintura para arriba salvo por el sujetador, que parecía apretar sus pulmones como un corsé.

–Túmbate, deja que yo haga el trabajo. Lo único que tienes que hacer es decirme lo que te gusta.

–Pero es que no sé lo que me gusta –le confesó ella.

¿Por qué había dicho eso? Mac iba a pensar que era tonta.

Sonriendo, él puso la palma de la mano sobre su estómago.

–Entonces tendremos que descubrirlo.

Juno asintió, sin saber qué decir.

–Buena chica –Mac la besó mientras, casi sin que se diera cuenta, le quitaba el sujetador.

Pero al notar que estaba semidesnuda, se asustó.

–No, por favor…

Intentó cubrirse, pero él se lo impidió, sujetando sus manos con suavidad. Juno cerró los ojos, temblando de vergüenza al sentir la mirada de Mac clavada en sus pechos. Nunca le había molestado que fueran pequeños. Hasta aquel momento.

–¿Por qué quieres esconderlos?

–Porque son un poco pequeños.

–¿Ah, sí?

Mac apartó sus brazos y se inclinó para capturar un pezón con los labios, tirando de él, chupándolo… y Juno, sin darse cuenta, se arqueó hacia él.

–Son tan sensibles… responden enseguida –susurró Mac–. ¿No sabes lo preciosos que son?

–¿De verdad?

–Cariño, vamos a desnudarte –dijo él, riendo–. No sabía cuántas cosas tenías que aprender.

Juno quería aprender y quería que fuese él quien la enseñara, de modo que levantó el trasero para que pudiese tirar del vestido y no opuso resistencia cuando le quitó las braguitas.

–Eres preciosa –murmuró Mac, pasando las manos por sus pechos, la curva de sus nalgas y sus muslos.

Cuando metió una mano entre sus piernas y la

apartó después, ella dejó escapar un suspiro de frustración. ¿Estaba intentando hacer que perdiese la cabeza? ¿Por qué no la tocaba ahí, donde quería que la tocase?

—Por favor… —murmuró, sin saber muy bien lo que estaba pidiendo.

—Ah, veo que empiezas a entenderlo —Mac rió suavemente.

Juno quería regañarlo por ese tono tan orgulloso, pero entonces empezó a acariciar el capullo escondido entre sus rizos y aquel placer tan desconocido, tan poderoso, hizo que se rompiera en mil pedazos.

Mac había querido hacer que durase, que Juno disfrutase como le había prometido, pero verla llegar al orgasmo había encendido un fuego en sus entrañas.

Por primera vez en su vida, estaba a punto de perder el control y se obligó a sí mismo a respirar profundamente mientras se quitaba pantalones y calzoncillos a la vez para ponerse el preservativo.

Cuando Juno abrió los ojos, esos preciosos ojos de color aguamarina en ese momento, sonrió.

—¿Qué tal?

—Asombroso —respondió ella—. No tenía ni idea… —empezó a decir. Pero no terminó la frase.

Mac la deseaba con una urgencia que no había sentido desde los trece años, cuando el sexo era el santo grial de su existencia.

Aquel pensamiento tan irracional lo incomodó

por un momento, pero enseguida se olvidó de él. Juno no era virgen, ella misma se lo había dicho. Y tampoco lo era él, aunque acostarse con aquella chica lo hiciera sentir como un crío.

–Yo no esperaba… no esperaba que fuera así. Gracias, Mac.

Él se sintió tontamente orgulloso. Orgulloso y algo más a lo que no podía poner nombre.

–No tienes que darme las gracias. Además, pienso pedir una recompensa.

–Ah, lo siento. Tú aún no…

Parecía asustada y Mac hubiese querido abrazarla. La primera vez que la vio le pareció una monada, en aquel momento le parecía adorable.

Sonriendo, la apretó contra su pecho.

–¿Qué te parece un segundo asalto? –le preguntó, intentando contener su impaciencia. No podía esperar mucho más, pero no quería estropearlo todo.

–Si es tan bueno como el primero, encantada –respondió ella valientemente.

–Haré lo que pueda –le prometió él, rezando para encontrar paciencia.

Juno lo miró a los ojos cuando se colocó sobre ella, ofreciéndose a sí misma en un gesto tan valiente, tan generoso, que Mac sintió una opresión en el pecho mientras se enterraba en su interior.

Juno dejó escapar un gemido cuando la cabeza de la erección se abrió paso entre sus pliegues, el placer reemplazado por una sensación dolorosa.

–Tranquila –dijo él, apartando el pelo húmedo de su frente–. Sólo será un segundo, cariño.

Mac se quedó inmóvil durante lo que le parecieron horas, pero sólo pudo ser un momento mientras ella se acostumbraba a la invasión. Y luego empezó a moverse, despacio, mirándola a los ojos para saber si le hacía daño.

–¿Te duele?

–No… ¿puedes volver a hacerlo?

Riendo, un sonido ronco, masculino, él asintió con la cabeza.

–Lo intentaré.

Juno enredó las piernas en su cintura y se agarró a sus hombros mientras la invadía de nuevo, una y otra vez, sin parar, cada vez más rápido y más fuerte, sus gritos puntuados por los rugidos de Mac cuando el placer se convirtió en una ola que se los llevó por delante.

Estuvo en la cresta de la ola durante lo que le pareció una eternidad, experimentando un placer indescriptible mientras perdía la noción del tiempo y el espacio.

Capítulo Seis

Juno estaba prácticamente tumbada sobre él, su espalda contra el torso masculino. Podía sentir la erección rozando su trasero mientras acariciaba lánguidamente sus pechos con una mano.

–¿Estás lista para que te dé nota? –bromeó Mac.

Juno sonrió.

Debería sentirse avergonzada, pero se sentía letárgica, saciada, tan contenta consigo misma que era imposible sentir algo más. Lo había hecho. Por fin, había descubierto por qué todo el mundo hablaba tanto del sexo… y había sido glorioso.

–Si no es por lo menos un nueve, no quiero saberlo –respondió, siguiendo la broma.

–Pero vamos a tener que esforzarnos un poco más, cariño. Esto me ha sabido a poco.

Había sido fabuloso, mucho más de lo que ella esperaba. Tal vez ella no había sido el mejor revolcón de Mac, pero al menos no lo había decepcionado.

Usando una de las típicas analogías de Daisy, había vuelto a subirse a la bicicleta de la que se bajó seis años antes. Y, como predijo su amiga, había sido un viaje espectacular.

Pero cuando intentó moverse hizo una mueca al sentir un escozor entre las piernas.

–¿Te duele? –le preguntó él.

–No, no es nada. Es que ha pasado mucho tiempo.

–¿Cuanto tiempo?

Ella se apartó un poco, sintiéndose un poco avergonzada.

–Algún tiempo, no importa.

Mac pasó los dedos por la curva de su cuello.

–No tienes por qué sentirte avergonzada. Eres una mujer preciosa y apasionada, cariño. Sólo lo pregunto por curiosidad. ¿Cuánto tiempo ha pasado?

Juno dejó escapar un suspiro. Podría mentirle, pero no serviría de nada.

–Seis años.

–¿Seis…? ¿Seis años? –repitió él, atónito–. Pero entonces eras una cría.

–No era una cría –replicó ella, molesta–. Sabía muy bien lo que estaba haciendo.

No estaba preparada para las consecuencias, pero eso ya no importaba.

–¿Qué pasó? –le preguntó Mac, acariciando su hombro.

Juno negó con la cabeza. No podía hacer eso, no podía tener tal intimidad con aquel hombre. Lo que habían hecho no significaba nada para él. Al fin y al cabo, era una estrella de Hollywood y, además, sabía muy bien que no debía confundir el sexo con el amor.

–Fue hace mucho tiempo… de verdad, no tiene importancia.

Cuando iba a levantarse, Mac la sujetó tomándola por la cintura.

–No te vayas, quédate a dormir. No te haré más preguntas, lo prometo.

Debería irse, pero la tentación era tan fuerte…

–No creo que deba.

–Vamos, cariño. Los dos necesitamos dormir un rato y es muy tarde. No será fácil encontrar taxi a estas horas.

–No sé…

–Vuelve a la cama. Mañana, yo mismo te llevaré donde tengas que ir.

Juno bostezó y luego soltó una risita.

–El sexo es agotador, ¿verdad? –bromeó Mac, tirando de ella.

–No puedo quedarme mucho rato –murmuró Juno, intentando disimular otro bostezo.

No podía quedarse toda la noche, pero no había nada malo en quedarse un ratito más, pensó.

Y era tan agradable que la abrazase de ese modo…

Casi sin darse cuenta, cerró los ojos y se dio permiso para disfrutar de aquello. Al menos, por un ratito.

Debería haberla dejado ir. ¿Por qué le había pedido que se quedara?

La pregunta atormentaba a Mac mientras notaba el ligero peso de Juno sobre su torso. Había apagado la luz de la lámpara y un rayo de luna hacía que su pelo pareciese de oro…

¿No había evitado siempre precisamente aquello, el típico abrazo después de hacer el amor? Compartir cama con una mujer lo hacía sentir claustrofobia. ¿Por qué no sentía claustrofobia en ese momento? ¿Por qué le gustaba tanto sentir los latidos de su corazón, notar el suave roce de su pelo?

Algo le había pasado a Juno seis años antes; algo desagradable, estaba claro. ¿Por qué si no llevaría seis años sin hacer el amor?

¿Y por qué se sentía absurdamente responsable?

Había sido paciente con ella, aunque tuvo que hacer un gran esfuerzo. Pero, por alguna razón, necesitaba abrazarla esa noche, retenerla a su lado, comprobar que estaba bien.

Mac cerró los ojos, una serie de imágenes de aquel día dando vueltas en su cabeza: Daisy y Connor en la iglesia, el niño dormido en los brazos de su hermano, la expresión asustada de Juno cuando lo vio desnudo.

Era lógico que estuviera comportándose de manera irracional, aquel día estaba siendo como una montaña rusa.

Ir a la boda de Connor había sido un error. Lo sabía desde el principio, pero había dejado que la atracción que sentía por Juno lo guiase y, en el proceso, había reabierto viejas heridas. Se había aprovechado de una chica que era prácticamente virgen, usando esa atracción para que las heridas permanecieran cerradas y tendría que pagar un precio por ello.

Tenía remordimiento de conciencia. El típico remordimiento de un chico educado en la religión católica, eso era. No se sentía responsable de ella, se sentía culpable por cómo la había utilizado. Especialmente después de saber lo inocente que era.

Mac esbozó una sonrisa mientras respiraba el aroma de su champú.

¿Por qué estaba enfadado consigo mismo? Lo habían pasado bien, más que bien. Estaba seguro de que Juno había tenido su primer orgasmo... e incluso le había dado las gracias. A pesar de todo, había disfrutado y eso era lo importante, ¿no?

Mac se excitó de nuevo al recordar cuánto habían disfrutado los dos. Pero repetirlo no sería buena idea porque al día siguiente tendrían que despedirse.

Tenía que volver a su vida en Laguna Beach y al trabajo que tanto lo entusiasmaba y debía olvidar a Connor, a su familia y a la chica que tenía entre los brazos.

Pero cuando cerró los ojos, notó que Juno temblaba y, de manera instintiva, la abrazó con fuerza.

Capítulo Siete

Un gorrión muy afanado despertó a Juno, los primeros rayos del sol cegándola durante unos segundos.

Y se le puso la piel de gallina al sentir una mano masculina sobre su cadera.

Juno giró la cabeza para mirar a Mac y los tórridos recuerdos de la noche anterior la envolvieron durante un segundo. Mac Brody estaba tumbado boca abajo, sus anchos hombros ocupando casi toda la cama. Su espalda subía y bajaba con un ritmo suave, la sombra de barba dándole aspecto de pirata, aunque sus largas pestañas eran casi infantiles.

Notó entonces una cicatriz que iba de su bíceps hasta el codo. No la había visto por la noche… claro que por la noche estaba demasiado ocupada viviendo la experiencia más erótica de su vida.

Mac había sido tan atento con ella, tan paciente. Sabiendo quién era, jamás habría esperado que fuese tan generoso.

Juno se inclinó un poco para darle un beso en la mejilla y Mac dejó escapar un suspiro, pero no se movió.

–Gracias, Mac Brody –murmuró, sintiendo que sus ojos se empañaban.

¿Qué estaba haciendo? No debía ponerse sentimental. Sólo era sexo, nada más.

No se habían hecho promesas, no había ningún compromiso entre ellos. ¿Durante cuánto tiempo recordaría su nombre?, se preguntó. Después de todo, un hombre no hacía el amor como él a menos que tuviese mucha práctica.

Sin hacer ruido, Juno saltó de la cama. Había tenido su momento Cenicienta y lo había aprovechado, pero no pensaba quedarse admirándolo, como una fan enamorada de su ídolo.

Después de vestirse, tomó papel y bolígrafo de un escritorio antiguo para escribirle una nota, que dejó sobre la mesilla.

Cuando miró por última vez el magnífico cuerpo de Mac Brody extendido sobre la cama tuvo que tragar saliva.

¿Cómo podía parecer peligroso estando dormido?

Respirando profundamente, Juno abrió la puerta y salió de la habitación. Pero cuando la puerta se cerró, el ruido hizo eco en un rincón olvidado de su corazón.

Cinco horas después, el teléfono interrumpió una estupenda fantasía erótica. Dejando escapar un gruñido, Mac alargó la mano sin abrir los ojos y sin darse cuenta de que un papel caía de la mesilla.

–¿Sí? –murmuró cuando por fin localizó el maldito aparato.

–¿Por qué tienes el móvil apagado? ¿Y qué demonios haces en Francia?

Mac suspiró al reconocer la voz de su publicista, Mickey Carver.

–No es asunto tuyo.

–No me cuelgues, espera un momento…

–¿Qué quieres? –Mac suspiró. No tenía sentido colgar porque Mickey llamaría a la recepción del hotel y los convencería con cualquier historia para que entrasen en la habitación–. Dime lo que sea… pero no hables muy alto, no estoy solo.

Cuando volvió la cabeza parpadeó varias veces al ver que el otro lado de la cama estaba desierto.

Qué raro. ¿Dónde estaba la protagonista de sus fantasías eróticas?

–Espera un momento, Mick. ¿Te puedo llamar en cinco minutos?

Mickey dejó escapar un exagerado suspiro.

–Sí, claro. Pero hazme un favor, la próxima vez que decidas liarte con alguien, avísame, ¿eh? Llevo todo el día esquivando llamadas de las revistas inglesas.

Mac se incorporó de un salto.

–¿Qué has dicho?

–Las fotos han salido en todas las revistas inglesas.

–¿Qué fotos?

–Las fotos con esa chica inglesa… besándola en un balcón.

La sorpresa de Mac se convirtió en furia.

Algún canalla les había hecho fotos durante el banquete y ese beso privado e increíblemente sexy había sido servido en bandeja a los lectores…

–Maldita sea.

–Las tomaron desde lejos, pero es evidente que eres tú. Ahora tenemos que inventar una historia.

Mac odiaba a esos parásitos. ¿Por que no lo dejaban en paz?

–Será buena publicidad para el estreno europeo de *Juego mortal*–siguió Mickey–. Especialmente porque la chica es británica. Oye, no estará contigo, ¿verdad?

–No, no está –respondió él–. Y ya te lo he dicho muchas veces: mi vida sexual no es asunto de nadie. Y si le cuentas algo a alguien, estás despedido.

–Muy bien, Mac. ¿Qué quieres que diga entonces?

–Nada, no digas nada. Diles que no pienso hacer ningún comentario.

Mickey se aclaró la garganta.

–Me temo que eso va a ser imposible.

–¿Por qué?

–Porque conocen la identidad de la chica.

–Yo me encargo de la chica, no te preocupes.

Juno no sabía con lo que iba a tener que enfrentarse y, aunque él nunca había sido un caballero andante, tendría que protegerla. Pero entonces se le ocurrió algo…

–Mick, por cierto, ¿cómo se llama?

–¿No sabes cómo se llama y has pasado la noche con ella?

–Sé que se llama Juno. Y métete en tus asuntos.

–Juno Delamare. Trabaja en una tienda de ropa en Portobello que se llama Funky Fashionista y…

Mac colgó el teléfono porque ya sabía todo lo que tenía que saber.

¿Qué hora sería?, se preguntó, saltando de la cama. Por la posición del sol, debía ser casi mediodía. Después del torbellino emocional del día anterior, por no hablar del sexo, había dormido como un tronco.

Era lógico que Juno se hubiera ido. Seguramente habría despertado horas antes y habría bajado a desayunar, de modo que se daría una ducha rápida e iría a buscarla para decirle cómo debían manejar a la prensa.

No podía decirle adiós por el momento. Tendría que pasar unas semanas en Los Ángeles con él, donde estaría a salvo de los paparazzi.

Y después de la noche anterior, pensó con una sonrisa, eso no sería ningún problema para ninguno de los dos.

Pero cuando iba hacia el baño, pisó un papel que debía de haber tirado al suelo mientras intentaba localizar el teléfono a ciegas… y vio su nombre escrito en él.

Se inclinó, frunciendo el ceño, y su corazón dio un vuelco al leer las tres líneas:

Querido Mac:
Gracias por una noche memorable. Que seas feliz.
Juno

Mac volvió a leer la nota, atónito. No había bajado a desayunar, lo había dejado plantado.

Furioso, hizo una bola con el papel. ¿Qué quería decir con eso de «una noche memorable»? ¿Y quién creía que era, un crío al que podía dejar plantado cuando quisiera?

Y esa bromita de «que seas feliz»...

Aparentemente, había decidido que no iban a volver a verse. ¿Qué derecho tenía a tomar esas decisiones sin contar con él? Y a salir corriendo como un conejo asustado, sin darle una oportunidad.

Pues de eso nada. Ninguna mujer dejaba plantado a Mac Brody, especialmente una a la que él tenía intención de volver a ver.

Furioso, se metió en la ducha y apretó los dientes cuando el agua fría lo golpeó como una bofetada.

—Que seas feliz... y una porra —murmuró.

Capítulo Ocho

Juno dejó que la alegre charla de Daisy y la serenidad de Connor la calmasen mientras la limusina los llevaba a Portobello desde el aeropuerto.

¿Por qué se sentía tan inquieta?

Desde que llegó al château esa mañana se había sentido incómoda y confusa. Y no ayudaba nada sentir aquel escozor en… sitios inusuales o tener que esquivar las preguntas de Daisy sobre dónde había pasado la noche y por qué aparecía a las ocho de la mañana llevando el vestido de dama de honor.

¿Por qué no podía sacudirse aquella sensación de vacío, como si hubiera perdido algo? ¿Y por qué no dejaba de recordar a Mac Brody, su bronceada piel brillando a la luz del amanecer mientras cerraba la puerta de la habitación?

Se había prometido a sí misma que no pensaría en él. No podía permitirse el lujo de fantasear y, sin embargo, no parecía capaz de evitarlo.

La única explicación era que estaba agotada. Después de una noche en la que apenas había pegado ojo, se habían visto obligados a esperar tres horas en el aeropuerto por un problema con su pasaporte…

Lo que necesitaba era volver a su ordenada vida y dormir durante una semana, se dijo.

Un suspiro escapó de su garganta cuando llegaron a Colville Gardens.

—¿Pero qué es eso?

La exclamación de Connor hizo que mirase por la ventanilla, sorprendida.

Había un grupo de gente rodeando la casa y un hombre con un montón de cámaras colgadas al cuello corrió hacia el coche y empezó a hacer fotografías.

—¿Qué pasa?

—No tengo ni idea, pero vamos a tener que entrar corriendo —Connor sacó a Ronan de la silla de seguridad—. Jim, acércate todo lo que puedas y luego llama a la policía —le pidió al chófer.

Juno salió del coche detrás de Daisy y Connor, sin saber lo que estaba pasando, los fogonazos de las cámaras cegándola mientras intentaba llegar a la puerta. No veía nada, pero sí escuchaba las preguntas que los reporteros lanzaban como balas:

—Juno, ¿desde cuándo conoces a Mac Brody?

—¿Es tan bueno en la cama como dicen?

—¿Sois pareja?

—¿Dónde está Mac? ¿Va a venir a visitarte para otra noche de pasión?

Cuando por fin llegaron a la casa y cerraron la puerta se apoyaron en la pared, perplejos.

—¿Se puede saber qué pasa? —exclamó Connor.

—Baja la voz —lo regañó Daisy.

Los tres dieron un salto cuando alguien metió una revista por el buzón de la puerta.

—Bonita foto, Juno. ¿Seguro que no quieres hacer comentarios?

Después de poner a Ronan en los brazos de su mujer, Connor se inclinó para tomar la revista.

–Llévatela al estudio, yo esperaré aquí a la policía –le dijo, sacando el móvil del bolsillo–. Y también voy a llamar a una empresa de seguridad, por si acaso.

Juno siguió a Daisy hasta el estudio, sintiéndose horriblemente culpable.

No se le había ocurrido pensar que los periodistas descubrirían que había pasado la noche con Mac, pero Mac Brody era una superestrella de Hollywood y era lógico que su pequeña aventura no hubiera pasado desapercibida. Pero había llevado esa locura a Daisy y Connor durante el primer día de su luna de miel...

Daisy miró por la ventana del estudio.

–Dios mío, son como una plaga de langosta –murmuró.

–Esto es culpa mía –le confesó Juno, horriblemente avergonzada.

–¿Por qué? ¿Qué te pasa? Estás muy pálida. Ven, siéntate un momento.

Juno se dejó caer en el sofá y Daisy se sentó a su lado, intentando calmar al niño, que empezaba a inquietarse.

–Deja de temblar, no pasa nada. ¿Por que no vemos a qué viene todo esto?

Juno abrió la revista y pronto encontró lo que buscaba.

En una de las páginas centrales, a todo color, había una fotografía de Mac y ella en el balcón del château, besándose. Él tenía una mano en su trasero mientras ella se agarraba a sus hombros y el título del artículo era: *La estrella de Hollywood Mac Brody y su noche de pasión con una joven inglesa.*

–Ah, misterio resuelto –anunció Daisy.

Juno tiró la revista, sintiéndose humillada. ¿Cómo iba a explicarlo?

–Yo no quería que ocurriera. Me dio un beso y… nos dejamos ir.

–Ya lo veo –dijo su amiga.

–Esto es horrible.

Qué típico que su momento Cenicienta acabara siendo un desastre.

–No, no lo es. Yo creo que es fabuloso, pero tengo que hacerte dos preguntas muy importantes: ¿tu noche de pasión con Mac Brody ha sido tan ardiente como parece en la foto? ¿Y cuándo vas a volver a verlo?

Juno se puso colorada.

–No, yo…

–Borra la primera pregunta, ya sé la respuesta.

–No pienso volver a verlo –dijo Juno entonces–. Ha sido cosa de una noche.

–¿Quién ha dicho eso, él?

–No… además, estaba dormido cuando me marché de la habitación.

Daisy levantó las cejas.

–¿Lo dejaste plantado? ¿A un hombre por el que matarían millones de mujeres? ¿Tú estás loca?

–No quería despertarlo –se justificó Juno–. Y le dejé una nota de despedida. Además, él no estaba buscando algo que más que una aventura de una noche y yo tampoco.

Era la verdad. Aunque su corazón enloqueciera cada vez que pensaba en él.

Daisy colocó a Ronan sobre su hombro izquierdo y miró a Juno con ojos penetrantes.

–¿Y tú cómo lo sabes?

–Porque lo sé. Estoy siendo realista.

–No te escondas detrás de esa tontería realista. Hay momentos para ser realista y otros para dejar que la ninfómana que llevas dentro se vuelva loca. Tener una aventura con Mac Brody debería ser de estos últimos –Daisy suspiró–. No puedo creer que hayas dejado escapar esa oportunidad.

–Se ha terminado y no quiero hablar de ello.

–No te hagas eso a ti misma, cariño. Desde que conociste a Mac he visto una faceta de ti que no había visto nunca y es maravilloso. En serio, ha sido como ver a una mariposa saliendo del capullo. ¿No te das cuenta de que, por fin, estabas recuperando la alegría de vivir? Incluso te pusiste el vestido de dama de honor… un vestido por primera vez en seis años. Y luego pasaste la noche con Mac. Seguro que estabas muerta de miedo cuando llegasteis a la habitación, ¿a que sí?

Juno volvió a ponerse colorada.

–Tal vez un poco, pero él fue muy… en fin, fue muy cariñoso.

–¿Y por qué lo has dejado plantado?

–Porque no quería hacer el ridículo –le confesó ella–. Puede que sea el hermano de Connor, pero también es una estrella de cine. Sale con actrices y modelos guapísimas… no quería que se mostrase condescendiente conmigo por la mañana. Me habría muerto de vergüenza.

Había descubierto algo maravilloso esa noche: que el mundo no iba a hundirse por hacer lo que le pedía el cuerpo. Tal vez algún día tendría valor suficiente para buscar lo que había encontrado Daisy, pero entonces iría paso a paso, sopesando los riesgos. No iba a meterse en algo desconocido ni a confiar en la suerte para pasar luego otros seis años recogiendo las piezas de su corazón.

—Yo no soy como tú y Mac no es Connor. Una vez lo arriesgué todo y fue un desastre. No puedo volver a hacerlo.

Daisy apretó su mano.

—Lo entiendo, cariño, de verdad. Tú pasaste por algo por lo que nunca debería tener que pasar una chica de dieciséis años, pero tienes que empezar a confiar en tu buen juicio en lo que se refiere a los hombres si quieres encontrar a la persona de tu vida. ¿No te das cuenta?

—Sí, bueno, mi buen juicio me dice que Mac Brody sólo estaba interesado en un revolcón.

—Pero no lo sabes con seguridad.

—Sólo lo dices porque es el hermano de Connor. No lo conoces, Daisy. ¿Sabes por qué había venido a Francia?

—¿Por qué?

—Porque quería acostarse conmigo —dijo Juno.

—Espero que te sintieras halagada.

Sí, se había sentido halagada, pero Daisy no entendía lo que quería decirle.

–¿No ves que eso lo convierte en alguien totalmente superficial? No vino para asistir a la boda de su hermano, vino para acostarse conmigo. No os hizo ni caso a Connor y a ti… ni siquiera se preocupó un segundo por su sobrino. No sé cómo puedes perdonarlo.

En realidad, tampoco entendía por qué lo había perdonado ella.

–No debes juzgarlo por eso –dijo Daisy–. La situación entre Connor y él es complicada.

–Sí, bueno, me contaste que habían tenido una infancia difícil, pero eso no justifica…

–Juno, escúchame –la interrumpió su amiga–. No se habían visto desde que Mac tenía diez años y Connor cree que pasó el resto de su infancia yendo de una casa de acogida a otra –Daisy dejó escapar un suspiro–. Y no creo que sea tan superficial, creo que es precavido.

Juno cerró la boca porque no sabía qué decir. No quería pensar en Mac de niño, solo en el mundo…

–Tú tampoco lo conoces –siguió Daisy–. Y lo poco que has conocido de él, te gusta. ¿Por qué no vas a estar con Mac el tiempo que dure? En lugar de salir corriendo, deberías haberte dado a ti misma una oportunidad.

–¿Crees que debería haberme quedado?

–Siempre existe la posibilidad de que Mac no te hubiera echado de la habitación a patadas –respondió Daisy, irónica.

–Vaya, gracias. Eso me hace sentir mucho mejor.

Un repentino estruendo en el exterior las asustó a las dos.

–Rápido, sujeta a Ronan, voy a ver qué pasa. A lo mejor es la policía.

Juno sujetó a Ronan contra su pecho, pensativa.

Los reporteros se marcharían cuando entendieran que su noche de pasión con Mac Brody no iba a repetirse. Pero, al pensar eso, sintió una opresión en el pecho.

¿Por qué había sido tan cobarde esa mañana? ¿Tan terrible hubiera sido quedarse?

–Vaya, vaya, vaya –Daisy se volvió hacia ella con una sonrisa en los labios–. Mira esto.

Juno se acercó a la ventana con el niño en brazos y se quedó boquiabierta al ver una figura alta subiendo los escalones de la casa de dos en dos. Con gafas de sol, Mac Brody no hacía ni caso a las cámaras o las preguntas de los fotógrafos.

El pulso de Juno se volvió loco mientras Daisy decía:

–Parece que Mac Brody está dispuesto a darte otra oportunidad.

Capítulo Nueve

–El vuelo sale a las diez –Mac paseaba de un lado al otro del estudio, con una mano en el bolsillo del pantalón–. Será mejor que hagas el equipaje, no tenemos mucho tiempo.

–¿Qué vuelo? –exclamó Juno, atónita.

–A Los Ángeles –anunció él, tan tranquilo–. No voy a dejarte a merced de los paparazzi. Te alojarás en mi casa durante un par de semanas, hasta que pase esta locura.

–Pero no puedo hacer eso…

Y tampoco podía negar que esa idea la hacía sentir un escalofrío de emoción. Su carismática presencia estaba dejándola sin oxígeno cuando Daisy se disculpó discretamente.

Se había alegrado tanto al verlo… y se sentía ridículamente halagada de que la hubiera seguido.

Pero alegrarse de verlo era una cosa, ir con él a Los Ángeles otra muy diferente.

–No puedo irme contigo a Los Ángeles, tengo que llevar la tienda –le dijo, intentando llevar algo de sentido común a una conversación que empezaba a parecerle absurda.

–No seas tonta, no podrás llegar a la tienda siquiera. Te perseguirán a ti y a tus clientes, buscarán en los cubos de basura, se inventarán cosas sobre tu vida y perseguirán a tus amigos para que cuenten cosas de ti.

—No pueden hacer eso. Llamaré a la policía.

—La policía no puede hacer nada, te lo aseguro. Yo llevo en este circo cinco años y lo sé muy bien —Mac dio un paso adelante para tomar su mano—. Ven conmigo a Los Ángeles, Juno. Tengo una finca en Laguna Beach a la que nadie puede entrar. Dentro de un par de semanas, los paparazzi estarán buscando otra presa y se olvidarán de nosotros.

Juno inmediatamente olió una trampa. Allí pasaba algo. No había ido sólo para salvarla de los paparazzi...

—¿Por qué harías eso? Apenas nos conocemos.

Mac esbozó una sonrisa.

—Eso es algo que podríamos remediar en Los Ángeles.

—¿Entonces, no has venido para rescatarme de los reporteros?

—Sí, claro, pero ninguna ley prohíbe que lo pasemos bien mientras tanto. Tengo un par de semanas libres antes de empezar el rodaje de mi próxima película, así que necesito una distracción. Y, por lo visto, tú también.

Juno quería ir a Los Ángeles con él por mucho que quisiera negárselo a sí misma. Mac la hacía sentir viva, feliz, emocionada como nunca.

No debería haberse marchado del hotel sin decir nada, pensó. Había sido una cobardía. Pero lo había hecho porque seguía siendo esa chica patética e insegura a la que creía haber destruido años antes. ¿Podría ser aquélla su oportunidad de enterrar a esa niña infeliz de una vez? ¿De demostrar que era inteligente, sensata y adulta?

–¿Qué tipo de distracción? –le preguntó.

–Permite que te lo demuestre.

Mac buscó su boca en un beso tan erótico que la hizo temblar.

Cuando la soltó, los dos respiraban con dificultad.

–¿Eso responde a tu pregunta?

Juno se llevó un dedo a los labios, sorprendida por su propia respuesta. Era una atracción sexual, nada más. No estaban hablando de un final feliz, de una historia de amor, estaban hablando de algo mucho más básico: un deseo que sólo Mac podía saciar. ¿Pero podría recordar eso y no involucrar sus emociones?

–Lo de anoche fue sólo una prueba –dijo él con voz ronca–. Tenemos muchas noches memorables por delante, Juno. Catorce, para ser exactos.

Ella contuvo el aliento. Pero no era su arrogancia lo que la sorprendía, sino que ella la aceptase de buen grado. Por el momento, había dejado que Mac tomase todas las decisiones, quedando a su merced, pero tenía que controlar aquella relación si quería evitar que le rompiera el corazón.

Y eso significaba demostrarle a Mac Brody que no era una tonta.

–Esto es por la nota que te dejé –le espetó–. Por eso estás aquí. No estás acostumbrado a que te dejen plantado.

***

¿Cómo lo había sabido?

A Mac no le gustaba que leyeran sus pensamientos; especialmente porque había ido ensayando lo que iba a decirle desde el aeropuerto.

Relajado y encantador, ése había sido el plan. No quería que Juno supiera cuánto deseaba que fuese con él a Los Ángeles o cuánto le había molestado aquella nota.

–No, en absoluto –mintió–. Era una nota muy agradable, pero no es por eso.

Juno sacudió la cabeza.

–No te creo. Te has enfadado por la nota, estoy segura.

¿Cómo demonios podía estar tan segura?

Él sabía que era un buen actor y había dicho la última frase con la justa medida de despreocupación.

–No me he enfadado en absoluto.

–Claro que sí. Me he convertido en un reto para ti –insistió Juno, estudiándolo fijamente–. Es eso, ¿verdad?

Mac empezaba a enfadarse de verdad. Aquella chica parecía leer sus pensamientos.

–Ya te he dicho que no me gustan los juegos. ¿Vienes a Los Ángeles o no?

Juno frunció el ceño y él dejó escapar un suspiro.

¿Por que se portaba como un idiota? Él no era así. Nunca perdía la calma con las mujeres, especialmente cuando las deseaba como deseaba a Juno.

Estaba a punto de pedirle disculpas cuando ella dijo:

–La verdad es que me gustaría ir. Pero con condiciones.

Mac metió las manos en los bolsillos del pantalón.

–¿Qué condiciones?

–Lo primero, lo dos debemos estar de acuerdo en que serán sólo por dos semanas. Cuando terminen las dos semanas, cada uno se irá por su lado.

Él asintió con la cabeza, sin saber si sentirse aliviado o dolido. Había planeado decir lo mismo, pero le resultaba raro que ella tomase la iniciativa.

–No quiero que esto interfiera con tu relación con Daisy y Connor –siguió ella.

–Eso no será un problema. ¿Qué más?

Juno respiró profundamente.

–Bueno, esto es… de naturaleza más personal. Yo me hice la prueba hace seis años y no ha habido nadie desde entonces. Pero me temo que no es tu caso.

Mac tardó un momento en entender. Quería que se hiciera la prueba del SIDA y era lo más lógico, sobre todo teniendo en cuenta las cosas que contaban de él en las revistas. Entonces, ¿por qué se había puesto colorado?

–Me hice la prueba hace un par de años, siempre uso preservativo y no soy drogadicto. Pero no me importa volver a hacérmela.

–Ah, muy bien –Juno parecía tan aliviada que sintió deseos de abrazarla. No era tan dura como quería parecer.

–¿Alguna cosa más? –le preguntó Mac.

Las próximas dos semanas iban a ser una aventura. Una aventura sin los riesgos habituales, además.

–Me gustaría pagar mi billete de avión.

Eso era una tontería. No pensaba aceptarlo.

–¿Por qué? Cuesta una fortuna.

No tenía ni idea de lo que ganaba una dependienta, pero él viajaba en primera clase y no pensaba dejar que ella viajara en turista.

–Tengo algunos ahorros y es importante para mí.

–¿Por qué es tan importante? Ya he comprado el billete de ida y vuelta.

En realidad, no era así. Sólo le había pedido a su ayudante que comprase el billete para Los Ángeles, lo cual era raro en él. ¿Cuándo fue la última vez que salió con una mujer sin tener una salida preparada?

Se le ocurrió entonces que Juno sería la primera mujer a la que invitara a su casa. La casa de Laguna Beach era su santuario y ni siquiera Gina había dormido allí. En fin, daba igual. ¿No habían dejado claro que aquello sería sólo durante dos semanas?

–Bueno, si ya has comprado el billete… –Juno se mordió los labios–. Sólo quería comprobar que tenía uno de vuelta.

–Todo está arreglado –dijo Mac, un poco irritado por su insistencia–. Y ahora, si has terminado con las condiciones, ¿te importaría hacer la maleta? Tenemos que tomar un avión.

Y cuanto antes estuvieran en él, más tranquilo se sentiría.

***

Emoción, miedo y alegría luchaban en su interior mientras salía del estudio para contárselo a Daisy.

Tenía que buscar a alguien que ocupase su sitio en la tienda, pensó entonces. Y su amiga podía ayudarla a elegir la ropa que debía llevar para no parecer un chicazo cuando llegase a Los Ángeles.

Era un riesgo y lo sabía, pero había dejado bien claras sus condiciones. Mac Brody era una tentación a la que ninguna mujer podría resistirse, pero si era práctica, si veía las cosas con la mente fría, podría manejar la situación.

La buena noticia era que iba a hacerlo con los ojos bien abiertos, sin engañarse a sí misma. Tenía su billete de vuelta a Londres y en dos semanas volvería a la vida real. Sentía curiosidad por Mac, pero eso no significaba que fuese el hombre de su vida. La intimidad no tenía por qué ser una amenaza mientras no perdiese la cabeza.

Juno sonrió al recordar cómo lo había pillado con lo de la nota. Pero la sonrisa desapareció al recordar cómo su corazón se había atropellado cuando exigió saber si iría con él a Los Ángeles o no.

La mala noticia era que tenía la extraña sensación de que acababa de agarrar a un tigre por la cola.

Capítulo Diez

Los planes de Juno empezaron a desmoronarse durante el viaje en avión.

Afortunadamente, viajar en primera clase no era del todo nuevo para ella porque había ido a Niza en el jet privado de Connor, de modo que contuvo el deseo de ponerse a gritar cuando vio el amplio sillón que se convertía en cama. Y no abrió demasiado los ojos cuando una auxiliar de vuelo le ofreció una copa de champán nada más despegar. La mano de Mac sobre su muslo fue un reto más complicado, pero creía haber salvado el bache bastante bien interrogándolo sobre su vida en Hollywood y su casa en Laguna Beach antes de quedarse dormida.

Desgraciadamente, nada podría haberla preparado para la sorpresa que recibió al abrir los ojos, aún medio dormida después de un viaje de once horas, para encontrarse en la cama de Mac Brody.

Ni siquiera recordaba cómo había llegado hasta allí. Después de pasar por el control de pasaportes en el aeropuerto de Los Ángeles, había vuelto a quedarse dormida en el helicóptero que los llevó a Laguna Beach. Recordaba vagamente haber abierto los ojos durante el viaje y quedarse sorprendida por el sol de California. Y también recordó que Mac la había llevado en brazos a la habitación, pero nada más.

Suspirando, se apoyó en un codo para mirar el jardín a través de una pared de cristal.

–Dios mío…

Ni siquiera la fabulosa casa de Daisy y Connor en Portobello podía prepararla para un sitio como aquel. Frente a ella había una terraza de piedra blanca que daba a una piscina desbordante rodeada de palmeras…

Apartando la colcha, Juno se levantó de la cama para disfrutar mejor de la vista.

La casa estaba situada en un promontorio desde el que se veía el océano Pacífico. Y a sus pies había una playa de arena blanca a la que se llegaba por unos escalones.

La casa de Mac Brody era impresionante, pensó, estupefacta.

Entonces vio su reflejo en el cristal. Con una camiseta y unas braguitas blancas parecía una colegiala.

¿Qué estaba haciendo allí? No podría estar más fuera de lugar aunque lo intentase.

«Cálmate», se dijo a sí misma. Alojarse allí durante dos semanas iba a ser la mayor aventura de su vida e iba a disfrutar de cada segundo. Sencillamente, no tenía tiempo para ataques de nervios.

Pero había dormido sola y se preguntó dónde estaría Mac. Seguramente agotado, pensó. Había despertado un par de veces en el avión y lo había visto trabajando en su ordenador, de modo que sin duda estaría durmiendo. O tal vez se había ido a trabajar. Debía de tener entrevistas y sesiones de fotos, como todas las estrellas de Hollywood. Dudaba que las estrellas de cine tuviesen mucho tiempo libre y ella no pensaba ser un estorbo.

Seguramente no lo vería demasiado, pensó entonces. Y, considerando que se quedaba sin aliento cada vez que estaba cerca, tal vez fuese lo mejor.

Suspirando, sacó de la maleta un vestido rojo carmín que un mes antes no se habría puesto y empezó a calmarse un poco.

Después de ducharse y vestirse iría a explorar la casa. Si se mantenía ocupada, no tendría tiempo para pensar que estaba fuera de su elemento.

Una hora después, duchada y vestida, Juno había descubierto cuatro habitaciones más, seis cuartos de baño, un gimnasio, un despacho y un salón inmenso con un televisor de plasma del tamaño de una pantalla de cine y suficientes películas en DVD como para poner una tienda.

Lo único que no había encontrado era a su anfitrión.

Aparte de una serie de pósters de sus películas en el pasillo y los restos del desayuno en la cocina, Mac no estaba por ningún lado.

La cocina, amplísima y con electrodomésticos de última generación, era un sueño y Juno se preparó un cuenco de cereales. Pero mientras probaba el muesli imaginó a Mac desayunando solo cada mañana y se preguntó cómo lidiaría con aquel sofocante silencio.

«No seas tonta, seguramente es por el silencio por lo que compró esta casa».

La paz y la tranquilidad debían de ser importantes para alguien que estaba perpetuamente rodeado de gente. ¿Y quién decía que desayunaba solo? Seguramente cada noche se acostaba con una chica diferente y, por lo tanto, desayunaría con una chica diferente.

En su mente apareció una imagen de las modelos y actrices con las que lo había visto en las revistas. Y todas ellas parecían mil veces más cómodas allí que ella.

Juno cerró los ojos. «No pienses en eso».

Demasiado tarde para asustarse. Era ella la que estaba allí y eso tenía que contar, ¿no?

Cuando salió a la terraza vio a Mac emergiendo del agua, desnudo, y tuvo que abrazarse a sí misma para contener una oleada de deseo.

Aquel hombre era tan impresionante como la casa. Estaba magnífico, las gotas de agua deslizándose por su torso y sus poderosos muslos. Parecía un predador...

Y era todo suyo. Durante al menos dos semanas.

Juno tragó saliva.

−¿Ya te has despertado? −le preguntó Mac, mientras se ponía un pantalón corto.

¿Había despertado?, se preguntó a sí misma. Empezaba a pensar que estaba soñando.

−He tomado un cuenco de muesli. Espero que no te importe.

80

–¿Por qué iba a importarme? Puedes tomar lo que quieras, Juno, eres mi invitada. Todo lo que hay en esta casa es tuyo.

–¿Estás seguro?

–Del todo.

Le brillaban los ojos mientras lo decía y Juno se dio cuenta de que era un reto. La cuestión era si ella estaba a la altura.

Sin pensar, alargó una mano para trazar la línea de vello que llegaba hasta la erección marcada bajo el bañador...

–Bueno, ya está bien –dijo él, tomándola por la cintura–. Es mi turno.

Antes de que pudiera adivinar lo que iba a hacer, Mac dio un paso atrás y se la colocó al hombro.

–¿Qué haces? –exclamó ella, atónita–. Suéltame. Aún no ha terminado mi turno.

–Estabas tardando mucho.

Su cómica frustración la hizo reír.

Mac abrió la puerta del dormitorio con un pie y la dejó sobre la cama sin ceremonia alguna.

–Ah, así que te parece divertido.

–La verdad es que sí –dijo Juno–. No sabía que tontear con un hombre pudiera ser tan divertido.

–Así que estabas tonteando conmigo… pues vas a pagar por eso, cariño.

Juno pasó los dedos por su pelo mojado mientras la aplastaba contra el colchón.

–Vamos a desnudarnos antes de que explote.

–Muy bien…

Mac bajó la cremallera del vestido mientras ella

tiraba del elástico de su bañador. Pero al ver su erección, Juno tuvo que tragar saliva. Era más grande de lo que recordaba.

–No te asustes, no voy a hacerte año.

–No estoy asustada –dijo Juno. Y era cierto. No estaba asustada, estaba fascinada–. ¿Puedo tocarte?

Mac soltó una carcajada.

–Ya te he dicho que todo lo que hay en esta casa es tuyo.

–Quiero tocarte sin que tú me toques a mí.

Era una petición muy descarada, pero Juno quería explorar aquel cuerpo masculino tan hermoso.

–Muy bien, tienes un minuto. Pero ten cuidado, estoy al borde del precipicio.

Juno siguió con el dedo la línea de vello hasta su ombligo y, por fin, su mirada descansó sobre la magnífica erección. Se tomó su tiempo mirando la rígida evidencia de su deseo por ella. Y sólo por ella.

–Lamento meterte prisa –dijo Mac, con voz ronca–. Pero tengo tan poca sangre en el cerebro que estoy a punto de desmayarme.

Ella rió, la sensación de poder mareándola un poco. Tenerlo a su merced era más emocionante de lo que había imaginado.

Tocó la cabeza de su erección y, al notar que contenía el aliento, levantó la mirada y vio que tenía los ojos entrecerrados. Incapaz de esperar más, pasó un dedo arriba y abajo y notó que el miembro temblaba en su mano.

–¿Te he hecho daño?

Él rió, un poco tenso.

–No, cariño. ¿Pero te importaría quitarte la ropa interior? Me gustaría disfrutar de la vista mientras me torturas.

En realidad, era más una exigencia que una petición. Suspirando, Juno se levantó de la cama para quitarse el sujetador, que dejó caer al suelo, y luego, torpemente, las braguitas. Sus pezones se endurecieron, estimulados por la mirada de Mac y por el aire acondicionado de la habitación.

–Eres preciosa –dijo él, tumbándola a su lado y alargando una mano para sacar un preservativo del cajón de la mesilla. Sujetando su cara, la besó en los labios, explorando y apartándose con un ritmo que la dejaba sin aliento.

Mientras se concentraba en ponerse el preservativo, Juno intentó acariciar su miembro, pero Mac se apartó.

–Estoy demasiado cerca, cariño –le dijo–. Tendremos que dejar esa lección para otro día.

Inclinando la cabeza, tomó un pezón entre los labios para tirar suavemente de él y Juno gimió al notar el roce de sus dientes. Pero Mac siguió besando su estómago, su ombligo… su monte de Venus.

Juno se sobresaltó ante la íntima caricia, su corazón latiendo con un deseo tan fiero que pensó que iba a desmayarse.

–No puedo pensar…

–No hay necesidad de pensar, déjate ir –Mac separó sus muslos con las manos e inclinó la cabeza para besarla.

Estaba completamente abierta para él y la sensación era tan nueva para Juno que sus sentidos se volvían locos.

–No puedo… es demasiado, por favor…

Pero él no se detuvo, al contrario, sus labios y su lengua crucificándola en el altar del éxtasis.

Juno seguía temblando minutos después del orgasmo y cuando abrió los ojos vio que Mac sonreía.

–Es precioso ver eso, cariño.

E increíblemente excitante.

–No… –dijo él cuando Juno intentó cubrirse– no sientas vergüenza, cielo. Es increíble cómo respondes. No es nada de lo que debas avergonzarte.

–Lo sé, es que… –Juno intentó sonreír–. Nunca lo había hecho antes.

El asombro que había en su voz hizo que el brutal dolor en su entrepierna se volviera insoportable. Mac apoyó la frente en la de ella, intentando controlar los furiosos latidos de su corazón. Deseaba con desesperación enterrarse en ella hasta quedar saciado, pero sobre todo no quería hacerle daño.

–Vamos a esperar un minuto.

–¿Por qué? Yo no quiero esperar.

¿Por qué iban a esperar entonces?

–Muy bien –Mac se colocó entre sus piernas y empujó un poco. Era tan estrecha que sólo pudo esperar unos segundos antes de empezar a moverse adelante y atrás, los gemidos de Juno enardeciéndolo…

Y cuando notó que le echaba los brazos al cuello, perdió el control. Empujó violentamente durante unos segundos y, totalmente agotado, cayó sobre ella.

***

–Se me ha dormido la pierna.

El susurro hizo que Mac recuperase la conciencia por completo.

–Perdona, lo siento… –murmuró, apartándose y cubriendo sus ojos con un brazo, enfadado consigo mismo. La había tomado como un loco, sin contenerse.

Y pensar que había estado despierto la mitad de la noche haciendo planes y los había estropeado en un segundo…

Durante el viaje había intentado trabajar para no tocarla, pero no podía concentrarse. Era una locura.

Juno estaba agotada y él también. Además, tenían dos semanas, ¿por qué tanta prisa?

Había conseguido dormir un par de horas en su cama pero cuando despertó estaba excitado, por eso había tenido que ir a nadar un rato.

Pero cuando la vio en la terraza, con ese vestido rojo que acariciaba sus curvas, no pudo contenerse. Estaba portándose como un crío de trece años y no como un hombre de treinta.

Nunca había deseado tanto a una mujer y eso empezaba a preocuparlo.

Sus caricias, tan inocentes, eran una tortura y, aunque había intentado aguantar un poco para darle placer, al final la había tomado con una urgencia brutal a pesar de sus buenas intenciones.

¿Y si volvía a hacerle daño?

—¿Te encuentras bien? —se obligó a sí mismo a preguntar—. Lo siento, no quería ser tan bruto.

—Estoy bien —dijo ella—. Y no has sido bruto, has sido... estupendo.

Estaba sonriendo y su expresión confiada hizo que sintiera una opresión en el pecho que no le gustó nada.

No sabía nada de Juno, de sus sueños, de sus aspiraciones, pero sí sabía que era inexperta y que podría haber sido mucho mejor si él no hubiera sido tan egoísta.

Tal vez era hora de descubrir qué había pasado seis años antes para dejar de torturarse a sí mismo. No quería sentirse responsable por algo que no tenía nada que ver con él.

—¿Por qué esperaste tanto tiempo, Juno?

Capítulo Once

—¿Perdona?

—Seis años —dijo Mac—. ¿Por qué has esperado seis años para hacer el amor de nuevo?

Parecía tan serio, tan sombrío… y ése era un tema del que no quería hablar.

—Tengo hambre —Juno se envolvió en la sábana antes de saltar de la cama—. ¿Qué tal si preparo un desayuno de verdad?

Mac sujetó la sábana para evitar que se alejase.

—Quiero saber qué pasó. ¿Por qué no quieres contármelo?

Juno se volvió para mirarlo a los ojos.

—¿Por qué quieres saberlo?

—Porque no puedo dejar de hacerme preguntas.

—Pero fue hace mucho tiempo. No tiene nada que ver contigo y, además, ya no tiene importancia.

—Para mí sí la tiene.

¿Por qué estaba siendo tan cabezota?, se preguntó Juno. No tenía sentido. Pero entonces lo entendió y se le encogió el estómago. Aquélla era precisamente la indignidad que ella había intentado evitar.

—Si quieres que me marche…

—¿Por qué voy a querer que te marches? —la inte-

87

rrumpió Mac–. Me gusta estar contigo. Especialmente en la cama.

–¿Y entonces por qué te preocupa tanto mi pasado? Eso no es parte del trato.

–Tal vez sea simple curiosidad. Soy actor y conocer a la gente y entender sus emociones es parte de mi trabajo.

–No pienso hablar de mi pasado sólo porque conocer a la gente sea parte de tu trabajo –replicó ella.

Mac soltó una carcajada.

–¿Qué tal si te hago otra pregunta entonces?

–¿Qué pregunta?

–Si lo que pasó hace seis años ya no tiene importancia, ¿por qué no quieres contármelo? Que seas tan esquiva me hace pensar que aún te importa. Y eso es lo que me molesta.

Juno no sabía qué decir, pero seguía sin querer contárselo. Y la razón era muy sencilla: se sentía profundamente avergonzada de lo que le había ocurrido seis años antes. De lo ingenua e inmadura que había sido. Y no quería que Mac la juzgase.

Lo cual era absurdo. Aquélla era una aventura temporal, algo que iba a durar dos semanas, y después de eso no volvería a verlo. ¿Por qué le importaba lo que Mac Brody pensara de ella?

Pero tenía que hablarle de Tony, pensó entonces. Porque si no lo hacía, estaría admitiendo no sólo que Tony aún tenía poder sobre ella, sino que Mac lo tenía también.

–Antes tengo que ducharme –le dijo a regañadientes. No pensaba hablar de eso estando desnuda.

–Muy bien –Mac soltó la sábana por fin–. ¿Qué tal si preparo el desayuno? También yo tengo apetito.

–Muy bien –con desgana, Juno se dirigió al cuarto de baño. Pero ella había perdido el apetito por completo.

Siguiendo el olor a beicon, Juno entró en la cocina y dejó escapar un suspiro al ver a Mac haciendo huevos revueltos vestido sólo con un pantalón vaquero. Era la fantasía femenina por antonomasia, pensó.

Era lógico que pudiese manipularla a voluntad. Sólo recordar lo que le había hecho esa mañana en la cama la hacía temblar de arriba abajo. Aquel hombre podía hacer que cualquier mujer se olvidase de la realidad. Las feromonas eran una cosa peligrosa y Mac tenía un efecto devastador en ella.

Él miró entonces por encima de su hombro.

–¿Quieres sacar los cubiertos? Están en ese cajón.

–Sí, claro.

–Siéntate, vamos a comer antes de que se enfríe.

–Estoy impresionada –le confesó Juno–. Todo tiene una pinta estupenda.

Si él no lo mencionaba, ella no pensaba decir una palabra.

Cuando terminaron de desayunar se sentía más tranquila, tanto que había olvidado la discusión en el dormitorio.

–¿Qué tal si yo lavo los platos?

–No hace falta –dijo él, estirando las piernas y cruzando los tobillos–. Tengo un servicio de limpieza que viene todos los días.

–Ah, muy bien.

–¿Qué ha sido del vestido?

Juno miró la camiseta y los vaqueros que se había puesto después de la ducha.

–Había pensado ir a dar un paseo por la playa después de desayunar y esto me parecía más práctico que el vestido.

Y mucho menos revelador. Porque después de la segunda ducha del día se sentía menos valiente.

–Es una pena, el vestido era precioso.

Juno carraspeó, nerviosa. Pero tenía que calmarse, no podía ponerse así cada vez que le decía algo bonito.

–Creo que voy a dar ese paseo ahora.

–Buena idea. Podemos ir andando hasta la playa pública, allí tienen unos helados buenísimos.

–Seguro que puedo encontrarla sola. Si tienes algo que hacer…

Mac sonrió de oreja a oreja mientras se ponía la camiseta.

–No tengo absolutamente nada que hacer ahora mismo.

Luego tomó su mano para llevarla a la terraza.

–¿Cómo se llamaba? –le preguntó.

Porras, no se le había olvidado.

***

Juno se puso tensa, pero Mac apretó su mano como para darle ánimos.

–¿Seguro que quieres saberlo?

–Cuéntamelo como si fuera una película, así será más fácil. Como si no te hubiera pasado a ti. Eso es lo que me dice mi psicólogo.

–¿Vas a un psicólogo? –le preguntó ella, sorprendida.

–En Hollywood todo el mundo va al psicólogo –Mac suspiró–. Son como un accesorio de moda.

En realidad, sólo había estado una vez y no le había contado nada porque le recordaba demasiado a los confesionarios de su infancia, pero Juno no tenía por qué saber eso.

Si quería que le abriera su corazón, lo mejor sería hacer que se sintiera cómoda.

–Y las confesiones son buenas para el alma. Recuérdalo.

Ella lo miró de soslayo.

–No creerás eso de verdad, ¿no?

«Para nada».

–Pues claro que sí, soy católico –mintió Mac tranquilamente–. Bueno, venga, cuéntamelo todo. Seguro que después te sentirás mejor.

Ella dejó escapar un largo suspiro.

–Buen, muy bien, si insistes. Pero sigo sin entender por qué quieres saberlo –Juno respiró de nuevo–. Se llamaba Tony y sólo tenía dieciséis años cuando lo conocí.

–¿Cuántos años tenía él?

–Era mayor que yo.

–¿Mucho mayor?

–No lo sé, no se lo pregunté.

–¿Y cómo os conocisteis?

–Un día fui al cine con mi amiga Candice…

–Espero que no fuese una de mis películas –la interrumpió Mac, intentando bromear.

–No, nunca he visto una película tuya.

–¿En serio?

–La verdad es que voy poco al cine.

–Vaya, pues eso hay que remediarlo –dijo él. Aunque no estaba seguro de querer hacerlo. Había algo nuevo en salir con una chica que no sabía nada de su imagen pública–. Bueno, sigue. Se llamaba Tony y era un viejo.

Juno soltó una carcajada.

–No, no era un viejo, era mayor que yo. Bueno, el caso es que nos arreglamos mucho porque la película era para mayores de dieciocho años. Nos pusimos toneladas de maquillaje, zapatos de tacón, faldas cortas… ya sabes. Cuando una chica de dieciséis años quiere parecer mayor, se viste como si fuera una prostituta. No sé por qué, pero así es.

Mac no podía imaginarla con toneladas de maquillaje. Iba pintada en la boda, pero de manera muy discreta y, en realidad, no lo necesitaba. Tenía una piel preciosa, unos ojos arrebatadores y unos labios gruesos que daban ganas de besar. Sería un crimen ocultar esos rasgos tan bonitos con pintura, pero Juno no parecía saber lo guapa que era.

–Sigue.

–Tony estaba en el cine con unos amigos. Todos

con trajes de chaqueta y relojes caros… muy engreídos.

Podía imaginarlos, unos idiotas. Habían visto a dos chicas jóvenes y se habían aprovechado de ellas.

—Nos invitaron al cine y nosotras nos sentimos halagadas porque pensamos que parecíamos mayores y sofisticadas. Tony me compró palomitas y Coca-Cola y me pasó el brazo por la cintura. Cuando terminó la película, yo no me había enterado de nada y ya estaba medio enamorada de él —se reía al decirlo, pero a Mac le pareció una risa muy triste—. Le di mi número de teléfono y durante las siguientes semanas me llevó a cenar a restaurantes de Mayfair, el barrio más elegante de Londres, al teatro, a pasear por el parque… me compraba flores y hablábamos de muchas cosas. Para entonces yo estaba medio enamorada y cuando me preguntó si quería ir a su casa le dije que sí.

Mac tragó saliva. No quería escuchar el resto de la historia, pero tenía que saber. Mataría a aquel canalla, pero tenía la horrible impresión de que no lo había escuchado todo.

—Cuando llegamos allí, empezó a decirme cuánto me deseaba, lo increíble que era, que nunca había conocido a nadie como yo. Y entonces… —Juno se volvió para mirarlo y, por un segundo, Mac pudo ver un brillo de angustia en sus ojos—. Yo era virgen y me dolió. Mucho. Él no fue tan considerado como tú… y se enfadó conmigo por protestar. Me dijo que volviese cuando hubiera crecido y por eso no quise volver a hacerlo con nadie durante mucho tiempo.

Cuando terminó la frase se encogió de hombros y apartó la mirada, el gesto tan derrotado que a Mac se le encogió el corazón.

—Así que ahora ya sabes lo ingenua y lo tonta que era.

—No digas eso —murmuró Mac.

Juno se volvió para mirarlo.

—¿Qué pasa?

—Eras una niña y ese canalla se aprovechó de ti. No fue culpa tuya.

No debería querer su comprensión, su apoyo. Su opinión no debería importarle tanto, pero así era. Sus palabras, llenas de furia por lo que le había pasado, hicieron que la niña avergonzada y dolorida que había sido se sintiera tan agradecida que sus ojos se llenaron de lágrimas.

—No llores —Mac acarició su pelo mientras la apretaba contra su pecho—. No llores, cariño. Ese tipo no merece una sola de tus lágrimas.

Se quedaron así mucho rato, con Mac acariciando su pelo y ella derramando lágrimas mientras escuchaba el rítmico sonido de las olas.

Querría contarle el resto, contárselo todo, pero apretó los dientes y contuvo el infantil deseo de confiarle la verdad. Ya le había contado demasiado.

Y lo había hecho porque Mac no la había juzgado. Porque se había mostrado comprensivo. Pero que fuese un hombre amable y bueno no significaba que fuese el hombre de su vida.

Mac levantó su barbilla con un dedo.

–¿Te encuentras mejor ahora?

–Sí, mucho mejor.

–Me alegro –dijo él, apretando su mano–. ¿Qué tal suena un helado de chocolate?

–Maravilloso –respondió Juno.

Pero, por mucho que lo intentase, no podía olvidar cuánto le había gustado que la abrazase cuando más lo necesitaba.

«Genial, amigo. Acabas de meter la pata hasta el fondo».

Ya no se sentía responsable, culpable o fascinado. Después de lo que Juno le había contado, se sentía involucrado y eso lo molestaba mucho.

Cuando llegaron a la playa pública y se dirigieron al puesto de helados, intentó concentrarse en el sabor del chocolate y sólo en eso.

Sólo tenía una cosa que ofrecerle y eran dos semanas de sexo sin ataduras, de modo que no habría más confesiones ni más historias del pasado. Había sido una tontería preguntar.

A partir de aquel momento, se guardaría su curiosidad y pensaría sólo en el sexo.

Capítulo Doce

Las hormonas de Juno hicieron su habitual bailecito mientras se colocaba las gafas de sol sobre la cabeza para mirar a Mac, que volvía después de su habitual paseo, el pantalón corto pegado a su cuerpo como una segunda piel.

Juno tragó saliva. Después de ocho días allí, había empezado a desear ese cuerpo bronceado y musculoso con una intensidad que la asustaba.

La semana anterior había sido un viaje emocionante de descubrimientos sexuales. Mac no era sólo un amante experto, era un maestro. Y ella había sido una estudiante muy dispuesta, bebiéndose cada nueva experiencia como una mujer que estuviera muriendo de sed.

Pero Mac no sólo había demostrado ser un excelente anfitrión en el dormitorio. En lugar de desaparecer durante todo el día para hacer lo que hicieran las estrellas de cine, apenas se apartaba de su lado. Se quedaban en la piscina, en la playa, iban a galerías de arte, cenaban en la terraza y paseaban por la orilla del mar como un par de críos, jugando con las olas y haciendo el amor siempre que tenían oportunidad.

El momento de conexión en la playa del primer

día no había vuelto a repetirse y Juno sabía que debía sentirse agradecida. Lo mejor era que todo fuera sencillo, vivir el momento y nada más.

Mac vivía en un mundo de fantasía en el que la gente guapa hacía cosas maravillosas. Ella no, ella vivía en el mundo real. Cuando aquel viaje terminase, quería volver a Londres sin remordimientos ni penas y sólo podía hacer eso si no deseaba cosas que no podía tener. Pero cada día que pasaba era más difícil mantener la perspectiva.

Mac tomó un vaso de limonada de la mesa.

—Bueno, ¿qué ha estado haciendo la señorita Juno?

—He estado charlando con Daisy por teléfono —contestó ella—. A Ronan le está saliendo su primer diente y Connor y ella han estado despiertos toda la noche.

Mac se quedó callado un momento.

—Pobres, qué horror —dijo luego, dejando el vaso sobre la mesa—. ¿Quieres que nos duchemos juntos?

Estaba esquivando el tema, como hacía siempre que mencionaba a Connor y su familia.

—Ya me he duchado —respondió Juno.

—Pues hazlo otra vez —dijo él, con un brillo travieso en los ojos—. Yo frotaré tu espalda.

Ella sintió que le ardían las mejillas al recordar lo inventivo que había sido el día anterior, cuando le hizo la misma oferta.

—No, mejor no —dijo, sin embargo—. Daisy va a llamarme en cinco minutos.

—Pues es una pena porque me apetece mucho.

–Siempre te apetece mucho –replicó Juno, disfrutando del flirteo, que se había vuelto tan adictivo como todo lo demás.

–Sólo en lo que se refiere a ti –replicó él, tocando la punta de su nariz–. ¿Te apetece leer un guión conmigo? Acaban de enviármelo y tengo que tomar notas antes de que empiecen los ensayos la semana que viene. Y como tú eres la razón por la que no he tenido tiempo de hacerlo antes, estás en deuda conmigo.

–¿Quieres que lea un guión contigo? –exclamó ella–. Me encantaría.

–No te emociones demasiado, seguro que en diez minutos acabarás aburrida.

–No, de eso nada.

Mac sentía pasión por su trabajo y verlo crear un personaje sería fascinante.

–Muy bien, pero luego no digas que no te he advertido.

El sonido del teléfono interrumpió la conversación y Mac señaló el inalámbrico que estaba sobre la mesa.

–¿Te importa contestar? Si es para mí, diles que vuelvo enseguida.

Sabía que era Daisy, por eso no había querido contestar, pensó Juno.

–Mac, espera. Tengo que hablar contigo de algo importante.

Él se apoyó en la puerta, cruzando los brazos.

–Como siempre, tienes toda mi atención.

–Espera un momento… –dijo Juno–. ¿Daisy? ¿Puedo llamarte mañana? Mac y yo estamos desayunando.

Después de cortar la comunicación, Juno se volvió hacia Mac. Estaba saltando una línea invisible y lo sabía, pero no podía seguir fingiendo que esa actitud hacia sus amigos no le importaba.

¿Por qué se había portado con ellos de manera tan fría durante la boda? ¿Por qué estaba tan decidido a no saber nada de su hermano? ¿Y por qué no veía lo que se estaba perdiendo?

Muy bien, su aventura era algo temporal y sabía que debía tener cuidado, pero Mac le había preguntado por su pasado, de modo que también ella tenía derecho a preguntar por el suyo.

—Espero que le hayas mentido a tu amiga porque al final te apetece esa ducha.

—Daisy no es sólo mi amiga, también es tu cuñada.

Mac se puso tenso.

—Ya lo sé.

—¿Lo sabes? ¿Entonces por qué no quieres hablar con ellos?

—No tengo ningún problema para hablar con ellos.

Juno suspiró. Aunque Daisy le había contado que Connor tuvo una infancia difícil, nunca había querido indagar más. Pero en aquel momento le parecía que debía hacerlo.

—Sé que a Connor y a ti os separaron cuando erais pequeños y que tú pasaste muchos años en casas de acogida, pero no entiendo que lo trates de esa manera. ¿Por qué te portas como si no tuvieras un hermano?

«No puedo hablar de esto».

Ese tema le producía una gran angustia, pero intentó disimular.

–No tienes por qué entenderlo.

–Espera –Juno lo tomó del brazo cuando iba a darse la vuelta–. Por favor, no te vayas.

–¿Qué es lo que quieres?

–Tú no eres una persona fría y no entiendo por qué te portas así con Daisy y Connor.

Debería haber imaginado que aquello iba a pasar, pensó Mac. Desde que le contó que aquel canalla prácticamente la había violado a los dieciséis años sabía que estaba en deuda con ella, que también él debía abrirle su corazón. Pero verla florecer entre sus brazos, verla perder las inhibiciones había sido demasiado irresistible.

De modo que había cancelado reuniones, se había saltado entrevistas, había apagado el móvil e ignorado la pila de guiones que debía leer para estar con ella.

Pero Juno estaba recordándole su deuda, esperando que le desnudase su alma.

–Tú no me conoces –empezó a decir–. Crees que me conoces, pero no es verdad.

–¿Qué intentas decir, que eres una mala persona?

Él sacudió la cabeza. Debería cortar la conversación, pero dejarla creer que era mejor de lo que era no serviría de nada.

–¿Quieres saber por qué Connor y yo nunca podremos ser hermanos? La repuesta es por lo que hay
en mí –dijo Mac por fin, sintiéndose sucio–. Nuestro
padre era un alcohólico violento. Tenía un cinturón
con una hebilla gruesa que le gustaba usar cuando
estaba borracho… y cada vez que pegaba a Connor
con ese cinturón, ¿quieres saber lo que yo hacía?

Juno intentó no mostrar sus emociones. Pero
cuando Daisy le contó que Connor había tenido
una infancia difícil, nunca imaginó que lo fuese
tanto.

–¿Qué hacías?

–Nada. Eso es lo que hacía, nada –respondió
Mac–. Escuchaba el sonido del cinturón golpeando
a mi hermano y no hacía absolutamente nada. Porque lo único que me importaba era que mi padre
no me pegase a mí.

–¿Pero qué podías hacer? Eras un niño.

–Sólo nos llevamos tres años y yo no tengo ninguna marca en el cuerpo mientras Connor tiene
muchas.

–¿Y esa cicatriz que tienes en el brazo? –le preguntó Juno entonces–. ¿Cómo te la hiciste?

Mac puso una mano sobre el bíceps, tocando la
vieja herida.

–Sí, bueno, la última noche no fue buena para
ninguno de los dos –respondió, encogiéndose de
hombros.

Los ojos de Juno se llenaron de lágrimas.

–Qué horror.

–Oye, no me hagas esto. No te lo he contado para dar pena.

–Pero es terrible.

–No, ya no. Yo aprendí a vivir con ello hace mucho tiempo.

¿Sería verdad? Juno lo dudaba y su corazón se rompía por el niño que había sido.

–No creo ser una mala persona –dijo Mac entonces, tomándola por los hombros–. Pero soy un egoísta. Siempre he querido ser el número uno y eso es lo que soy. No me interesa jugar a las familias, ni con Connor ni con nadie. Así que no me confundas con alguien que no soy, cariño. Yo no quiero hacerte daño.

Juno observó a Mac entrando en el salón y se dio cuenta de que su plan de ir paso a paso acababa de dar un salto en el vacío.

Mac Brody no era egoísta ni egocéntrico. No era su padre y él no tenía la culpa de lo que había pasado.

¿Pero quién era en realidad?

¿Y por qué no podía quitarse de encima la sensación de que la necesitaba y ella lo necesitaba a él, a pesar de su advertencia?

Daisy le había dicho que debía empezar a confiar en su sentido común, ¿pero y si se equivocaba? ¿Y si Mac no era el hombre que ella creía que era? ¿Tendría que arriesgar su corazón para averiguarlo?

Capítulo Trece

–Era mi representante –Mac tiró el móvil al lado de su plato–. El estudio insiste en que vaya al estreno de *Juego mortal* esta noche.

Juno apartó la mirada del salmón al grill que llevaba cinco minutos empujando de un lado al otro del plato y dejó escapar un suspiro. No podía ignorar la evidencia. Desde el día anterior, cuando Mac le habló de los horrores de su infancia, se había mostrado inquieto, tenso, incluso antipático.

Habían empezado a leer el guión por la tarde, pero cuando le preguntó cómo creaba sus personajes, él había interrumpido la conversación sin dar explicaciones. Cuando hicieron el amor por la mañana no la había abrazado como solía y había desaparecido en su estudio hasta la hora de comer. Y durante la comida había hablado dos veces por el móvil y apenas le había dirigido la palabra.

Lamentaba haberle hablado de su infancia. Si ella supiera más sobre los hombres, sería más fácil.

–¿*Juego mortal* es tu última película?

Mac asintió con la cabeza.

–Y se supone que debo promocionarla, pero he cancelado un par de entrevistas y en el estudio están enfadados –dijo después, con sequedad.

–Entonces, tienes que ir al estreno.

–Sí, tengo que ir. Especialmente estando en Los Ángeles.

Había cierto tono de reproche en esa frase y Juno tuvo que controlar su enfado.

–Si tienes que ir, tienes que ir. No te preocupes por mí, soy perfectamente capaz de estar sola.

–No lo entiendes, tengo que ir con alguien. Nadie va solo a un estreno.

–Ah, ya veo. ¿Y qué esperas que yo haga, que te dé permiso?

–No necesito que me des permiso –replicó él.

Juno se sentía molesta, pero no estaba dispuesta a demostrarlo. No iba a sentirse incómoda porque aquél no era su estilo de vida. Ella tenía su vida en Londres.

–¿Y con quién vas a ir, con alguna de tus conquistas?

–¿Qué conquistas? ¿De qué estás hablando?

Juno se levantó entonces, enfadada de verdad.

–Muy bien, no me lo digas. Me da igual con quién vayas al estreno.

Mac se levantó también para tomarla del brazo.

–Juno, es a ti a quien voy a llevar. ¿Por qué iba a llevar a otra mujer?

–¿A mí? –exclamó ella.

–Claro.

–Pero yo no puedo ir. Yo no sé… no soy ese tipo de mujer.

–¿A qué clase de mujer te refieres?

Bella, elegante, sofisticada.

–La clase de mujer que va a estrenos de Hollywood.

–No pensarás que son mejores que tú, ¿no?

–No, claro que no. Pero no estaría en mi elemento, me sentiría incómoda.

–Y gracias a Dios por ello –replicó Mac, con una vehemencia que aceleró su corazón.

–Pero no tengo nada que ponerme –insistió Juno, un poco angustiada. Aunque le gustaba que se lo hubiera pedido, no estaba segura de querer exponer su relación al escrutinio público.

–Entonces, iremos a Rodeo Drive a comprar algo bonito. Conozco a una estilista que podrá ayudarnos –dijo Mac, acariciando su cara–. Lo único que esas mujeres saben hacer mejor que tú es aparentar.

El corazón de Juno se volvió loco. No debería decir esas cosas.

–Bueno, si insistes…

–Por supuesto que sí.

Mac miró a Juno ponerse los zapatos y se maldijo a sí mismo por ser tan idiota.

Debería haber aprovechado la oportunidad para inventar una cita ficticia, para decirle que no podía ir con él al estreno.

Desde el día anterior había estado intentando crear distancia entre ellos, por su propio bien y por el de Juno porque aquello empezaba a asustarlo de verdad.

Juno le había hecho hablar de algo sobre lo que

no hablaba nunca, con nadie, y lo había escuchado con lágrimas en los ojos. Y seguía mirándolo como si fuera uno de los buenos, cuando él le había dejado claro que no lo era.

No sabía lo que sentía por ella, pero no podía ser bueno.

Y, sin embargo, cuando su representante le recordó el estreno de esa noche había sabido de inmediato que quería ir con ella porque llevarla del brazo haría que todo fuera más soportable.

Suspirando, tomó su móvil y marcó el número de Juanita Suárez, la estilista, imaginando a Juno con un vestido tan tentador como el que había llevado a la boda de Connor y Daisy.

¿Por qué no iban a ir juntos al estreno? ¿Por qué no iba a darle algún capricho? Se había mostrado antipático con ella desde el día anterior y era lo mínimo que podía hacer.

Ya se preocuparía más adelante del extraño efecto que ejercía en él.

—Hola, Juanita, soy Mac Brody. Voy a llevar a una amiga al estreno de *Juego mortal* y quiero que lo disfrute al máximo.

Capítulo Catorce

Maternal, eficiente y experta en moda, Juanita tomó a Juno bajo su ala en cuanto Mac las presentó.

Pero en cuanto llegaron a la meca de las compras, Rodeo Drive, con su colección de boutiques de diseño, Mac dijo que tenía una reunión con su representante y las dejó solas.

Y si debía ser sincera, Juno estaba emocionada de poder elegir el vestido que llevaría al estreno.

Llevaba un par de días preocupándose por lo que había entre ellos y, por el momento, lo único que había sacado era un dolor de cabeza.

¿Cuándo iba a tener otra oportunidad de vestirse como una estrella de cine para ir a un estreno con uno de los hombres más guapos del mundo? Aquélla sería una historia que podría contarle a sus nietos.

–Ah, sí, te queda de maravilla –exclamó Juanita cuando salió del probador con un vestido de organza azul turquesa–. El color va de maravilla con tus ojos.

Juno se miró al espejo. La tela era tan suave como una caricia y, aunque ella nunca hubiera elegido un diseño tan revelador, se daba cuenta de que causaría impacto.

–Es precioso… ¿pero cuánto cuesta?

Ninguno de los vestidos que se había probado tenía etiqueta y eso empezaba a ponerla nerviosa.

–No te preocupes por eso, Mac me dijo que podíamos gastarnos lo que quisiéramos. Y yo nunca tacharía de la lista un modelo como éste, sobre todo teniendo la tarjeta de Mac Brody –dijo Juanita.

Juno pasó las manos por la falda del vestido.

–No me siento cómoda gastando tanto dinero.

La estilista levantó una ceja.

–Mac me dijo que eras única y veo que no mentía. Eres la primera de sus novias que muestra reparos a la hora de comprar un vestido.

¿De verdad había dicho que era única?

–¿Has conocido a muchas de sus novias? –le preguntó, sin poder evitarlo.

–A unas cuantas –respondió Juanita mientras la ayudaba a quitarse el vestido–. Solía trabajar para Gina, así conocí a Mac.

–¿Gina?

–Regina St. Clair, la top model. Mac y ella salían juntos.

–Ah –Juno sintió que se le encogía el estómago mientras volvía a ponerse los vaqueros. ¿Por qué había tenido que preguntarle nada? Saber que había salido con una supermodelo no era bueno para su autoestima.

Juanita rió mientras colgaba el vestido en la percha.

–Cariño, no pongas esa cara. Voy a contarte un secreto, pero debes darme tu palabra de que no le dirás nada a Gina.

–No, claro que no. Ni siquiera la conozco.

–Gina se creía enamorada de Mac y no era la primera, te lo aseguro. Ni la última. Ese hombre ha dejado un rastro de corazones rotos por todo Beverly Hills y la tragedia es que ni siquiera se da cuenta. Sale con ellas durante un par de meses y luego las deja plantadas –siguió Juanita.

Juno tragó saliva. Ella sabía que su tiempo con Mac era limitado. Entonces, ¿por qué sentía que se le encogía el corazón?

–No me preocupa. Mac y yo tenemos una relación distinta.

–Pero si aún no te he contado lo mejor... he visto a muchas mujeres entrar y salir de la vida de Mac Brody, pero a ti te mira de otra manera. Como si te viera de verdad. Y nunca me había confiado su tarjeta de crédito con las otras –la estilista sonrió–. Hay un dicho en Hollywood que es totalmente cierto: por el plástico lo conocerás –le dijo, moviendo la tarjeta entre los dedos.

Juno sonrió. Las bromas de Juanita la animaban un poco.

Hubiera lo que hubiera entre Mac y ella, le gustaba saber que la trataba de forma diferente a las demás.

Le parecía lo más justo. Después de todo, tampoco ella sería capaz de olvidarlo fácilmente.

Capítulo Quince

Las mariposas que había sentido revoloteando en su estómago mientras se colocaba frente a Mac con su vestido nuevo se habían convertido en águilas con alas de diez metros cuando la limusina se detuvo frente a la alfombra roja.

Durante el viaje, Mac le había dicho lo que se esperaba de ellos, pero con aquel esmoquin estaba tan guapo que Juno apenas podía concentrarse.

De hecho, cuando le ofreció su brazo para salir del coche se dio cuenta de que no había escuchado una sola palabra.

—No te preocupes, no tardaremos nada —estaba diciendo mientras la tomaba por la cintura.

Juno cerró los ojos, cegada por las cámaras, pero Mac señaló un grupo de gente que gritaba su nombre detrás de unas vallas.

—No te muevas. Vuelvo enseguida.

No volvió enseguida. Tardó más de quince minutos en poder apartarse de sus fans y Juno se dio cuenta de lo incómodo que se sentía. Había pensado lo mismo cuando lo vio en la puerta de la iglesia, en Niza.

—Lo siento —se disculpó, tomándola por la cintura y haciéndole un gesto a los guardias de seguridad—. Bueno, vamos a ver la maldita película.

Cuando llegaron a la entrada del cine, un fotógrafo se colocó en su camino, prácticamente clavando un micrófono en la cara de Mac.

–Charlie Stater, de *Good Evening, America. Juego Mortal* es algo nuevo para ti, Mac. ¿Qué te ha parecido interpretar al malo por una vez?

Él sonrió.

–Anson no es el malo, Charlie. Es un incomprendido.

Mientras la entrevista continuaba, el resto de los fotógrafos seguían haciendo su trabajo, llamándolo, gritando preguntas.

¿Cómo podía soportarlo?

–¿Y quién es la belleza con la que has venido, Mac?

–Esta belleza se llama Juno –contesto él, antes de rozar sus labios en un beso breve pero deliberadamente íntimo.

Y entonces los fotógrafos, las preguntas, los gritos de los fans, todo desapareció para ella, hasta que sólo podía escuchar los latidos de su corazón.

El resto de la noche pasó como un torbellino, con Mac presentándole a un montón de caras famosas que Juno apenas podía recordar. La película le había parecido estupenda, llena de acción, pero lo que más le sorprendió fue la interpretación de Mac.

Había visto otra faceta de él, una que desconocía. Mac se había metido por completo en el papel, la emoción en su rostro en la escena final tan real, tan vívida, que parecía otra persona.

Después del estreno, hizo una serie de entrevistas rápidas sin soltar su mano, presentándole a todos los periodistas. Y cada vez que lo hacía, Juno se asustaba un poco más.

Cuando llegaron a la fiesta, en un famoso restaurante de Beverly Hills, se dio cuenta de que no la había soltado en toda la noche. Incluso mientras veían la película sus dedos estaban entrelazados.

–¿Qué te ha parecido? –le preguntó, mientras tomaba dos copas de champán de una bandeja.

–Yo no sé mucho sobre cine o sobre actores, pero el personaje parecía tan real… es como si fueses otra persona. He creído que eras capaz de matar a un hombre –dijo Juno–. Eras tú, pero se me olvidó que lo eras. Ha sido increíble.

Mac esbozó una sonrisa.

–Ése es el mejor cumplido que puedes hacerle a un actor. Gracias, Juno.

–Tu trabajo significa mucho para ti, ¿verdad?

–No conozco otro modo de pagar las facturas –respondió él, con actitud despreocupada. Juno estaba mirándolo otra vez como si fuera transparente y no le gustaba nada.

–No, quiero decir que no lo haces por la fama o el dinero. De verdad te gusta tu trabajo.

¿Cómo sabía esas cosas? Tenía una intuición increíble.

–Sí, supongo que tienes razón. La interpretación me salvó la vida.

–¿Por qué?

Mac se encogió de hombros.

–Cometí muchos errores y acabé en un centro de detención juvenil cuando tenía quince años. La asistenta social sugirió que entrase en el grupo de teatro y… así empezó todo. Era como una droga, ya no tenía que ser yo mismo, podía convertirme en la persona que quisiera y eso me encantaba.

Juno frunció el ceño.

–¿Por qué no querías ser tú mismo?

Mac tragó saliva. Iba a necesitar algo más fuerte que el champán, pensó. No había conocido a nadie tan perceptivo, ni tan insistente.

–Porque entonces era un pequeño canalla y prefería ser otra persona.

–No deberías confundir haber pasado malos momentos con ser mala persona. No es lo mismo.

–¿Quién te ha dicho eso?

Juno sonrió, la fe que había en esa sonrisa haciendo que su corazón se alborotase.

–Tú mismo –contestó, poniéndose de puntillas para darle un beso en la cara–. La interpretación no te salvó, Mac. ¿No te das cuenta de que te salvaste a ti mismo?

Mac jugaba con su segunda copa de champán mientras esperaba en el jardín que Juno volviese del lavabo. Odiaba esas fiestas pero estando con ella, el tiempo pasaba volando.

No entendía por qué lo afectaba tanto lo que

Juno pensara de él y de su trabajo porque no era un sentimental, pero se alegraba mucho de que hubiera dicho esas cosas tan bonitas.

Le gustaba estar con ella. ¿Por qué iba a negarlo?

«No quiero que se marche».

En cuanto lo hubo admitido, la angustia que sentía en la boca del estómago empezó a desaparecer.

¿Era por eso por lo que se había sentido tan inquieto durante los últimos días?

Si era eso, la solución no podría ser más sencilla. ¿Por qué tenían que poner un límite de tiempo a su relación?

Si seguían juntos un par de meses, acabarían cansándose el uno del otro. Así sería más sencillo.

En cuanto saliera del lavabo volverían a su casa de Laguna Beach y allí pensaba hacer realidad la fantasía que había ido formándose en su mente desde que la vio con ese precioso vestido.

Y al día siguiente le pediría que se quedara un poco más. Estaba seguro de que Juno no diría que no.

—Hola, cariño.

Mac se puso tenso al escuchar el fuerte acento sureño.

—Hola, Gina —la saludó—. Estás… —«inmaculada» era el adjetivo que se le ocurrió al observar su perfecto maquillaje y el elegante vestido de seda—. Muy bien.

Curioso como Juno, mucho más bajita y más natural, calentaba su sangre como Gina y las demás mujeres no lo habían hecho nunca.

—¿Bien? —repitió ella, levantando una ceja—. No es un cumplido precisamente.

–No se me dan bien esas cosas, ya lo sabes –intentó disculparse Mac. Aunque no tendría por qué disculparse, Gina lo había despellejado en la prensa–. A menos que otro las escriba por mí, claro.

–Yo no opino lo mismo. Se te daban muy bien las palabras, era yo quien las interpretaba mal, ¿no?

–Si hay alguna razón para que mantengamos esta conversación, dímelo.

–Sí, en realidad sí la hay –Gina miró la copa que tenía en la mano–. Nunca te pedí disculpas por lo que pasó y lo siento mucho, de verdad.

–Está olvidado –dijo él–. No te preocupes, no estoy enfadado.

–No tienes idea de lo irónico que es eso.

–¿Por qué?

–Porque eres tú quien debería estar enfadado y, sin embargo, la enfadada fui yo durante mucho tiempo.

–No te entiendo.

–Es muy sencillo: yo estaba loca por ti y me enfadé porque tú ni siquiera hiciste un esfuerzo por quererme.

Mac dejó la copa sobre una mesa y metió las manos en los bolsillos del pantalón. Había dejado bien claro desde el principio que no había futuro para su relación, de modo que no estaba dispuesto a disculparse.

Juno vio a una mujer guapísima hablando con Mac en el jardín del restaurante cuando salió del lavabo. Gina St. Clair, la top model de la que le había hablado Juanita. Una de sus muchas conquistas.

«¿Qué más da que sea preciosa?». «Es contigo con quien está esta noche».

Juno iba repitiéndose ese mantra mientras se acercaba, intentando no pensar que hacían una pareja perfecta, él con su esmoquin, ella alta y delgada con una elegante túnica de seda. ¿Cuánto medía aquella mujer? Al menos un metro ochenta con tacones si podía mirar a Mac a los ojos. Y esos pechos… ¿qué tipo de sujetador llevaría para darles ese aspecto tan provocativo? No era justo.

¿Seguiría habiendo algo entre ellos?, se preguntó.

No quería cotillear pero, sin poder evitarlo, se escondió detrás de una madreselva.

–Tú no estabas enamorada de mí, Gina –oyó que decía Mac–. Lo pasábamos bien y hacíamos buena pareja, pero nada más.

–Sí te amaba y tú me rompiste el corazón –la voz de la modelo temblaba, como si estuviera a punto de llorar, pero a él no parecía importarle.

–No seas tonta, el amor no existe. ¿Es que no lo sabes? Y aunque existiera, es algo en lo que yo no estoy interesado.

–¿Cómo puedes decir eso?

–Creo recordar que te lo dije desde el principio, de modo que, si tu corazón se ha roto, no es culpa mía.

Juno no podía creer que fuese tan frío. Evidentemente, no debería tener celos de Gina porque

Mac no sentía nada por ella. ¿Pero sería capaz de sentir algo por alguien?

¿Dónde estaba el hombre que la había consolado con tanta ternura, el que le había confiado su pasado? ¿El que le hacía el amor con tanta pasión? ¿Dónde estaba el hombre que ella había pensado que la necesitaba?

¿Era real acaso o sería otro de sus papeles?

Juno no escuchó la despedida de Gina porque sólo podía escuchar los latidos de su corazón al darse cuenta de que había cometido el mismo error que ella: se había enamorado de Mac Brody.

Y sería culpa suya si le rompía el corazón porque seguía sin saber quién era Mac. O si era capaz de amar a alguien.

Capítulo Dieciséis

—¿Por qué no me cuentas qué te pasa? —gritó Mac desde la habitación—. Me estoy cansando de ese silencio, Juno.

Había tirado la chaqueta del esmoquin sobre la cama y estaba quitándose los gemelos, el optimismo que había sentido una hora antes, en la fiesta, olvidado por completo.

¡Mujeres!

Primero Gina, echándole en cara que no había hecho un esfuerzo para amarla, y luego Juno, que había vuelto del lavabo pálida como un fantasma y negándose a mirarlo a los ojos.

Mac había hecho todo lo posible por disimular mientras volvían a casa en la limusina, esperando que se le pasara… lo que fuera. Había tenido suficientes conversaciones «profundas» aquella noche como para que le durasen una vida entera.

Pero no se le había pasado y llevaba quince minutos encerrada en el cuarto de baño.

Suspirando, Mac se quitó la camisa y la tiró sobre el sillón.

—No voy a quedarme dos horas esperando, Juno.

Más silencio. ¿Se habría vuelto sorda de repente? Y él haciendo planes para esa noche…

Después de quitarse zapatos, calcetines y pantalones, Mac entró en el baño en calzoncillos y la encontró a punto de meterse en la ducha.

A pesar de su enfado, admiró la curva de su trasero y los pechos pequeños pero perfectos, con los pezones rosados... y el enfado desapareció por completo.

–¿Te importa? –exclamó ella, tapándose con una toalla–. Iba a ducharme.

–Pues parece que vas a tener compañía.

Ya hablarían más tarde de lo que le pasaba. Era hora de volver a lo básico.

Cuando miró el impresionante bulto bajo los calzoncillos, Juno empezó a sentir un cosquilleo ya familiar entre las piernas.

¿Cómo podía seguir excitándola de ese modo? Sólo tenía que mirarla y se ponía húmeda...

Pero no podía hacer el amor con él cuando sus emociones estaban descontroladas, sería un suicidio.

Mientras volvían a casa, intentaba concentrarse en el terrible descubrimiento de que lo amaba, pero el aroma de su colonia y el roce de su pierna lo habían hecho imposible. Y empezaba a darse cuenta de que eso era lo que le había pasado con él desde el principio. Todas las decisiones que había tomado estaban influenciadas por el abrumador efecto que ejercía en ella.

Se había engañado a sí misma pensando que estaba siendo racional, objetiva... no era nada de eso.

Había dejado que su ninfómana interior se apoderase de ella, como sugirió Daisy, y en aquel momento parecía haberla abducido.

Tenía que ser práctica, ¿pero cómo iba a serlo si sus hormonas se negaban a cooperar?

–Si no te importa, me gustaría ducharme sola.

Mac puso una mano en su espalda y Juno tuvo que disimular un escalofrío.

–Pero es que sí me importa –murmuró, deslizando un dedo por su columna vertebral.

Juno tragó saliva.

–Por favor, Mac, no es un buen momento.

–Entonces, dime que pare.

Pero ella no pudo decir nada mientras tiraba la toalla al suelo.

Mac buscó sus labios mientras la aplastaba contra la pared, el vello de su torso rozando sus pezones y la evidencia de su deseo encendiéndola. Sin decir nada, la metió en la ducha y abrió el grifo.

–¿Quién ha dicho que los hombres no pueden hacer dos cosas a la vez? –murmuró, quitándose los calzoncillos.

Juno luchaba contra el deseo que sentía por él, pero era imposible encontrar fuerza de voluntad estando apretada contra su cuerpo.

–No me digas que tú no lo deseas.

Mac empezó a besarla en el cuello y, sin pensar más, Juno echó la cabeza hacia atrás, como una flor a la que hubiesen cortado el tallo.

–Te deseo tanto… no puedo esperar.

Ella asintió con la cabeza y, un segundo después,

la dura cabeza de su erección abriendo sus pliegues la hacía sollozar de placer.

No podía hacer aquello, pensaba. Se perdería para siempre. Pero no podía concentrarse, sus sentidos fuera de control.

Escondió la cara en su cuello mientras Mac empezaba a moverse y dejó escapar un gemido cuando la implacable penetración los llevó al orgasmo al mismo tiempo.

–Maldita sea.

La exclamación de Mac penetró la espesa nube que abotargaba su cerebro. Juno estaba apoyada en la pared de la ducha, intentando que la sostuvieran las piernas mientras Mac salía sin mirarla.

¿Qué había pasado?

¿Quién era aquel hombre? ¿Había sido alguna vez la persona que ella creía?

Con cuidado, cerró el grifo y se envolvió en la toalla, desesperada por esconder su desnudez.

–Tenemos un problema –dijo Mac.

–¿Qué problema?

–Que no me he puesto preservativo.

–Yo… –Juno intentaba entender lo que estaba diciendo, pero sólo notaba el enfado que había en su voz.

–¿Cuándo tuviste el período por última vez?

–Pues… tiene que venirme dentro de unos días.

–No podemos arriesgarnos, un embarazo sería un desastre. Pero puedes tomar esa pastilla nueva… la píldora del día siguiente creo que se llama.

Sus palabras la devolvieron a un momento de agonía en el que no había querido volver a pensar.

Pero no podía ser esa chica otra vez, destruida y sola. No volvería a eso. No podía pasar otros seis años reparando su vida. Sobrevivir era lo único importante.

–Yo me encargo de eso –murmuró, dándose la vuelta.

La única manera de sobrevivir era marcharse... y no mirar atrás.

–Juno, espera –la llamó Mac.

¿Qué había hecho?, se preguntaba, asustado.

Había querido seducirla, pero se había portado como un bárbaro, el deseo haciéndole perder el control. La había tomado sin pensar en las consecuencias y lo había estropeado todo.

–Lo siento –se disculpó, tomándola por los hombros–. Tú no tienes la culpa de esto. He sido yo...

–Tienes razón, un embarazo sería un desastre –lo interrumpió ella–. Pero no quiero hablar de eso ahora.

¿Por qué lo decía de manera tan formal, tan fría?

–Vamos a la cama. Mañana nos sentiremos mejor...

–Estoy muy cansada. Si no te importa, prefiero dormir en la habitación de invitados –dijo Juno entonces.

Y después de decir eso salió del dormitorio.

Mac dio un paso adelante, dispuesto a detenerla. Pero no lo hizo.

Tenía que calmarse, darle su espacio. Dárselo a los dos.

Llevaban dos semanas juntos, sin separarse ni un solo día, y había dejado que su compañía lo afectase. Por eso había perdido la cabeza en la ducha. Pero si quería que aquello funcionase, tendría que aprender a controlarse. Y eso significaba no dejarse llevar por sus impulsos.

No pasaría nada por dormir separados una noche. De hecho, seguramente les sentaría bien a los dos.

Capítulo Diecisiete

Mac había revisado su opinión a las ocho de la mañana, después de pasar la noche en vela.

Se había portado como un bruto y era lógico que Juno hubiese querido dormir sola. ¿Pero por qué no le había dicho algo? Se había mostrado tan calmada, tan fría. Cuanto más lo pensaba, más inquieto se sentía.

Tenía la impresión de que se había perdido algo importante.

Juno estaba terminando un cuenco de muesli cuando entró en la cocina.

–Buenos días –la saludó, intentando mostrarse alegre y despreocupado–. ¿Has dormido bien?

–Sí, gracias –contestó ella, sin mirarlo.

Mac puso una mano sobre su hombro y se inclinó para darle un beso en la mejilla.

Y Juno apartó la cara.

¿Estaba enfadada de verdad?

Mac suspiró. Lo mejor sería acabar con ello cuanto antes.

–Quiero pedirte disculpas por cómo te traté anoche –le dijo, mientras se servía un cuenco de cereales–. Me dejé llevar… y lo siento. Pero no había necesidad de que durmieras sola –añadió, en su opinión de manera razonable–. ¿Qué tal si olvidamos lo de anoche? No creo que quedes embarazada si estás a punto de tener el período. Y si ocurre… en fin, ya lidiaremos con ello.

Había examinado las posibilidades desde todos los ángulos durante la noche, y tuvo mucho tiempo para hacerlo, y había decidido dejárselo al destino. Nunca había querido ser padre, pero no era capaz de olvidar la imagen de Connor con su hijo en brazos…

Al final, había llegado a la conclusión de que, si Juno había quedado embarazada, tener un niño o una niña con sus ojos, su dulce temperamento y su tenacidad no sería tan horrible.

Pero Juno seguía sin decir nada.

–¿Qué tal si vamos a navegar un rato? Hoy hace un día precioso.

Ella lo miró entonces, muy seria.

–Me marchó dentro de una hora. He reservado un vuelo para las dos y…

–¿Qué?

Juno se levantó para llevar el cuenco al fregadero.

–Que me marcho, Mac. Tengo que volver a trabajar, no puedo dejar sola a Daisy tanto tiempo.

–Pues tendrás que cancelar los planes –dijo Mac, atónito.

La había dejado dormir sola la noche anterior, pero aquello… no, no podía marcharse. No la dejaría.

–Sé que había planeado quedarme unos días más, pero…

–Si esto es por lo de anoche, ya te he pedido disculpas –la interrumpió él.

–Esto no tiene nada que ver con lo de anoche –replicó Juno–. Los dos sabíamos que lo nuestro era algo temporal y sólo estoy adelantando unos días mi marcha.

–Ya lo sé, pero…

¿Pero qué?

Acordaron en Londres que sería algo temporal, sí, pero había empezado a pensar que Juno sentía algo por él. ¿Y si se había equivocado? ¿Y si no sentía nada en absoluto?

Al ver a Juno tan seria se dio cuenta de lo que pasaba.

Por la noche le había dicho que un embarazo sería un desastre y ella estuvo de acuerdo…

Qué tonto había sido. Había empezado a creer que Juno sentía algo por él, que le importaba de verdad. Pero no era cierto.

Su frialdad era como el eco del rechazo que lo había perseguido durante su infancia, un amargo recordatorio de la gente que lo había acogido en su casa pero nunca lo había querido.

–Si has decidido marcharte, imagino que no podré convencerte para que te quedes –le dijo–. Le pediré a mi ayudante que te lleve al aeropuerto –añadió, intentando mostrarse indiferente. Al fin y al cabo, él era actor. Podía hacerlo. Tenía su orgullo y eso era lo único que le quedaba.

Juno bajó la mirada, sin decir una palabra.

–Lo hemos pasado bien estos días –siguió Mac–. Y espero que seas feliz –dijo luego, repitiendo lo que ella había escrito en su nota.

Y después de decir eso salió de la cocina. Porque si había aprendido algo de pequeño era a no mostrarle sus sentimientos a nadie.

–¿Se encuentra bien? No tiene buen aspecto –la mujer del mostrador la miraba con cara de preocupación.

–Estoy bien, gracias –Juno intentó sonreír mientras tomaba su tarjeta de embarque con manos temblorosas–. Pero gracias por preguntar.

«El amor no existe». Eso era lo que Mac le había dicho a Gina.

Nunca la había necesitado, todo había sido una fantasía por su parte, algo inventado para justificar sus sentimientos por él.

Mac le había advertido que no lo convirtiese en alguien que no era y, a pesar de todo, lo había hecho. ¿Cómo podía ser tan tonta? ¿Cómo podía haberse enamorado de un hombre que no era capaz de amarla?

Estaba dispuesta a decirle lo que sentía. Por la noche había tenido la absurda fantasía de que, si le hablaba de sus sentimientos, Mac le declararía su amor. Pero la fría réplica cuando le dijo que se marchaba le había dicho todo lo que tenía que saber.

Tenía el corazón roto y se sentía humillada. Y decirle que lo amaba después de haber escuchado lo que le decía a Gina sólo habría hecho más difícil reunir las piezas de su corazón para seguir adelante.

Las lágrimas rodaban por su rostro mientras despegaba el avión. Juno imaginó a Mac en su magnífica casa de cristal y acero frente al mar, sin duda dispuesto a buscar una nueva conquista cuanto antes. Quería estar furiosa con él, gritar y llorar de rabia…

Pero a medida que se alejaba de Los Ángeles, sólo podía sentir pena y una terrible sensación de haber perdido algo importante.

Mac le había advertido que podría hacerle daño. ¿Por qué no le había hecho caso?

Capítulo Dieciocho

–Daisy está un poco preocupada –dijo la doctora Maya Patel–. Y la verdad es que tienes mala cara.

–No me encuentro muy bien últimamente –Juno suspiró.

–¿Por qué no me cuentas los síntomas? Seguro que podemos solucionarlo.

«Sólo si tienes una cura para la autocompasión».

Habían pasado cuatro semanas desde que volvió a Londres. Cuatro semanas desde que su fabulosa aventura con Mac Brody se convirtió en un desastre.

¿Por qué no podía rehacer su vida y olvidarse de Mac?

Había tenido que contener las lágrimas cuando le llegó el período un día después de regresar a Londres y esquivar las innumerables llamadas de periodistas que intentaban convencerla para que vendiese la historia a las revistas. Y controlar una tormenta de emociones al ver un póster de la película en el mercado de Portobello.

Pero, a pesar de sus esfuerzos, el impacto de su aventura con Mac la había afectado. Había perdido peso, no podía dormir, se ponía a llorar en el momento más inoportuno e incluso había vomitado varias veces en los últimos días. Y estaba empezando a odiarse a sí misma.

Daisy, que acababa de regresar de su luna de miel, había pedido cita con su doctora en cuanto vio lo pálida que estaba.

Por supuesto, también le había preguntado qué había pasado con Mac, pero Juno se sentía demasiado humillada como para contarle la verdad, de modo que insistió en que debía de tener un virus de algún tipo. De hecho, había sido tan convincente que casi empezaba a preguntarse si de verdad tendría algún virus.

Y esperaba que fuera eso porque no podía permitirse el lujo de seguir sufriendo por algo que no había sido real.

—Creo que podría ser un virus estomacal.

La doctora asintió con la cabeza.

—Pareces cansada. ¿Duermes bien?

—No, muy mal.

—¿Cambios de humor?

—Sí.

—¿Y tienes que ir a menudo al cuarto de baño?

—Sí, la verdad es que sí —contestó Juno.

Maya apoyó los codos en la mesa.

—Muy bien, entonces tendremos que hacer una prueba de embarazo.

—No, eso no puede ser —exclamó Juno, sorprendida—. Tuve el período cuando volví de Los Ángeles —añadió, porque todo el mundo conocía su romance con la estrella de Hollywood Mac Brody.

—De todas formas, vamos a hacerla —insistió la doctora.

Ella suspiró, asintiendo con la cabeza. Una humillación más para añadir a las otras.

–Ha dado positivo –dijo Maya–. Estás embarazada.

Juno se quedó sin aire, como si la hubieran golpeado en el pecho.

–Pero eso no es posible. Tuve el período cuando volví de Los Ángeles.

–Me temo que sí es posible –replicó la doctora–. Lo que tú pensaste que era el período seguramente fueron unas manchas nada más.

–Pero no puede ser…

–No te preocupes, mujer.

–No me puede pasar esto ahora, sencillamente no puede ser –dijo Juno, enterrando la cara entre las manos.

¿Cómo podía haber ocurrido? ¿Era un castigo por cometer el mismo error dos veces? ¿Por enamorarse de un hombre que en realidad no existía?

–Voy a llamar a Daisy. No tienes que lidiar sola con esto, Juno –intentó consolarla Maya–. Lo que necesitas es dormir bien. Mañana, cuando lo hayas pensado, volveremos a hablar de las opciones que tienes, ¿de acuerdo?

–Por favor, no se lo cuentes a Daisy.

–Como quieras. Pero vas a necesitar apoyo durante las próximas semanas y Daisy es una persona fantástica.

Juno asintió con la cabeza. Por duro que fuese tener que admitir lo irresponsable que había sido, necesitaba a su mejor amiga más que nunca.

Pero entonces se le ocurrió algo y el peso que sentía en el pecho se volvió abrumador.

–¿Voy a tener otro aborto, como hace seis años?

–No hay ninguna razón para que así sea –respondió Maya, levantándose para apretar su mano–. Muchas mujeres sufren abortos espontáneos y después tienen embarazos perfectamente normales. En cuanto estés lista, te haremos un análisis completo para ver cómo está el feto y hablar de posibles riesgos –la doctora sonrió–. ¿Has decidido tener el niño?

Juno empezó a temblar.

–No lo sé.

Pero sí lo sabía y eso empeoraba aún más la situación.

¿Podía arriesgarse a pasar por lo que tuvo que pasar seis años antes si todo iba mal por segunda vez?

Capítulo Diecinueve

–Juno, esto es una locura. Tienes que contárselo a Mac.

Juno apretó los labios. Había estado preparándose para esa conversación durante las últimas cuarenta y ocho horas, pero aún no estaba preparada.

Como esperaba, su amiga había sido su apoyo desde que Maya le dio la noticia del embarazo. Daisy, que había insistido en que se alojara en su casa durante una semana, había cuidado de ella y, cuando por fin le contó el desastre de su aventura con Mac, la había ayudado a encontrar valor y confianza en sí misma.

Y, por primera vez en un mes, Juno se sentía capaz de lidiar con todo lo que le había pasado.

Pero de lo único que se negaba a hablar era de Mac. Y Daisy había respetado su deseo… hasta aquella mañana.

–No me gusta hacer esto –siguió su amiga–, pero debo recordarte que tú me dijiste lo mismo cuando me quedé embarazada de Ronan. Yo no quería contárselo a Connor y tú me convenciste de que debía hacerlo…

–Pero esto es diferente –la interrumpió Juno.

–¿Por qué es diferente? ¿No tiene derecho Mac a saber que va a ser padre?

Juno negó con la cabeza.

–Si se lo dijera, Mac me pediría que abortase y he decidido no hacerlo. Así que no sé de qué va a servir contárselo.

–¿Y cómo sabes eso? –le preguntó Daisy.

–Porque él mismo me lo dijo.

–¿Estás segura?

–Sí, estoy segura.

O lo bastante segura, al menos. Mac no la amaba como Connor amaba a Daisy. ¿Por qué iba a querer tener un hijo con ella?

Su amiga dejó escapar un suspiro.

–Me resulta difícil de creer, la verdad. Pero aun así, ¿cómo piensas mantener ese hijo en secreto? Mac se enterará tarde o temprano.

–No tiene por qué enterarse porque no vamos a estar en contacto –dijo Juno. De eso estaba absolutamente segura.

–¿Y si se enterase por la prensa?

–Hace una semana que no me llama ningún periodista y dentro de unos meses nadie se acordará de mí. Mientras no esté con Mac, no soy noticia –dijo Juno, llevándose las manos al estómago–. Tengo que seguir adelante, Daze. Tener un hijo sano es lo único que me importa en este momento.

Mac era el pasado, el niño era el futuro. Y, por el momento, debía concentrarse en no vivir angustiada durante los tres primeros meses del embarazo.

Daisy apretó su mano.

–Lo entiendo, pero tenemos otro problema. ¿Qué

va a decir Connor cuando vuelva de Berlín esta tarde?

—¿Quieres que hable con él?

—No, no, tú ya tienes suficientes quebraderos de cabeza. Pero la verdad es que no sé qué va a decir sobre el asunto.

Juno suspiró. Estaba cansada y lo único que quería era vivir veinticuatro horas sin sobresaltos.

Mac miró el podómetro que llevaba en la muñeca cuando llegó a los escalones de la casa.

Quince kilómetros. Había corrido quince kilómetros por la playa después de otra noche en blanco y seguía sintiéndose mal. Normalmente, las endorfinas hacían su trabajo mientras se duchaba y vestía para ir al ensayo. Ensayo que, por el momento, estaba siendo un desastre. No era capaz de encontrar al personaje dentro de él.

Durante la última semana había corrido un poco más cada día, pero el ejercicio ya no valía de nada.

¿A quién quería engañar? La tristeza que había experimentado durante ese mes, desde que Juno se marchó, empeoraba cada día. La casa que una vez había sido un santuario ahora le parecía una prisión. La veía en todas partes y había llegado a tal punto que incluso estaba pensando vender la casa. ¿Pero de qué perviviría eso? Los recuerdos seguirían allí, en su corazón, atormentándolo. No necesitaba una casa nueva, necesitaba a Juno.

Pero cada vez que levantaba el teléfono para llamarla, para preguntarle por qué demonios se había marchado, recordaba su despedida y no era capaz de hacerlo. Tal vez era el orgullo o tal vez el instinto de supervivencia, pero necesitaba que fuera Juno quien volviese a él…

–No seas cobarde, Brody –se dijo a sí mismo. Juno no iba a volver, de modo que tendría que ser él quien fuese a buscarla.

En ese momento sonó el teléfono y, como le pasaba siempre, durante una décima de segundo pensó que era Juno… aunque sabía que era absurdo.

–¿Dígame? –contestó.

–¿Mac Brody?

–Sí, soy yo. ¿Quién es?

–Connor.

La sorpresa de escuchar la voz de su hermano dejó a Mac atónito por un momento.

–¿Connor?

–Sí, tu hermano mayor. ¿Te acuerdas de mí?

Mac decidió pasar por alto el sarcasmo, pero la esperanza lo hizo olvidar su normal cautela.

–¿Qué tal está Juno?

No le importaba por qué llamara su hermano o si lo odiaba a muerte. Lo único importante era que Connor vivía al lado de la mujer que para él era tan importante como respirar. Por fin el destino le hacía un favor.

–¿Qué cómo está Juno? –repitió Connor–. Tiene gracia. ¿Tú cómo crees que está?

–No lo sé, por eso lo pregunto.

–¿Por qué lo has hecho, Mac? ¿Era una venganza

o algo así? ¿Querías castigarla a ella porque no podías castigarme a mí? Porque si es eso, Juno no merece…

–¿De qué estás hablando? –lo interrumpió Mac–. ¿Le ha pasado algo? Dime lo que sea…

–Sí, claro que le ha pasado algo…

–¿Está enferma, ha tenido un accidente? –volvió a interrumpirlo Mac, angustiado.

–Está embarazada y ha decidido tener el niño aunque se muere de miedo. Además…

Mac colgó después de la segunda frase. No tenía que escuchar nada más.

Juno estaba embarazada de su hijo y no se lo había dicho. Debía de estar de un mes por lo menos y no se le había ocurrido llamar por teléfono. ¿Tanto lo odiaba?

Mac quería enfadarse con ella para controlar la angustia que sentía, pero en realidad le daban igual las razones de Juno.

Era suya. Siempre lo había sido. No debería haber dejado que se fuera y no tenía intención de estar alejado de ella un momento más.

Capítulo Veinte

–¡Mac! –exclamó Connor al abrir la puerta.

–¿Dónde está Juno? –le espetó él–. La vecina me ha dicho que estaba aquí.

Mac pasó al lado de su sorprendido hermano, pero se detuvo cuando Connor exclamó:

–¡No vas a entrar en mi casa sin que te haya invitado!

Genial, fantástico. Llevaba once horas en un avión soportando un terrible dolor de cabeza, pero si su hermano tenía ganas de pelea, por él no había el menor problema.

–No necesito una invitación para hablar con la mujer que espera un hijo mío.

–Juno no está aquí –replicó Connor, cerrando la puerta–. Y cálmate o no hablarás con ella en absoluto.

–Pero…

–Pasa al salón. Allí podremos charlar.

Suspirando, Mac obedeció.

–Muy bien, suelta lo que quieras y luego dime dónde está.

–Siéntate antes de que te eche a patadas –le espetó Connor.

Después de un segundo de vacilación, Mac se

dejó caer en el sofá. Pegarle una paliza a Connor no iba a ayudarlo a encontrar a Juno.

–¿Qué es lo que quieres?

–Quiero saber qué clase de hombre eres –respondió Connor–. Quiero saber qué clase de hombre mantiene relaciones sexuales con una mujer sin protección y luego no se molesta en saber si la ha dejado embarazada.

Mac querría decirle que no era así, que era una acusación injusta, pero los remordimientos de conciencia que había tenido desde esa noche hicieron que permaneciese callado.

–Tú sabes qué clase de hombre soy –respondió por fin–. ¿Crees que no sé lo que piensas de mí? ¿Lo que has pensado siempre de mí, desde que éramos niños? Crees que soy un canalla egoísta e irresponsable… –Mac apretó los labios. El que hubiera dicho que la confesión era buena para el alma, no sabía lo que estaba diciendo–. Y tal vez eso fuese verdad antes –siguió, haciendo un esfuerzo–, pero ya no lo es. Quiero que Juno vuelva conmigo, Connor. Creo que estoy enamorado de ella, por eso estoy aquí.

Mac tardó un momento en darse cuenta de que el desdén que había visto en los ojos de Connor se había convertido en asombro.

–¿Crees que te culpo por lo que pasó cuando éramos pequeños?

–Sé que es así –respondió Mac–. Por eso fue tu mujer quien me invitó a vuestra boda y no tú.

–Eso es ridículo –Connor se sentó a su lado–.

Siempre creí que era yo quien tenía la culpa de lo que pasó. Si no hubiera salido esa noche, podría haber buscado ayuda. Podría haber impedido que lo hiciera…

–Pero le dijiste a la asistente social que no querías volver a verme cuando nos separaron.

–Porque me sentía avergonzado de mi comportamiento. Te vi esa noche en la camilla, inconsciente, con la cara llena de hematomas y la herida en el brazo… Eras mi hermano pequeño y yo debería haberte protegido, pero no estaba allí y nunca he podido olvidarlo –Connor sacudió la cabeza, la amargura que había en su voz liberando algo oscuro en el alma de Mac–. Hasta que conocí a Daisy y ella me hizo ver que no había sido culpa nuestra, sino de nuestro padre. Debería habértelo dicho antes y tienes razón, debería haber sido yo quien te invitase a la boda, pero fui un cobarde. Lo siento muchísimo, de verdad.

Mac vio un cariño genuino en sus ojos y se dio cuenta de que había encontrado a su hermano otra vez. Que, de hecho, nunca lo había perdido.

Sin pensar más, le dio un abrazo al que Connor respondió, pero los dos se apartaron antes de hacer el ridículo.

–Vamos a acabar llorando como dos abuelas. Y no sé tú, pero yo tengo una imagen que proteger.

Connor rió.

–Tú eres actor. ¿No tienes que llorar todo el tiempo?

–¿Yo? Los héroes de acción no lloran, amigo.

Connor rió, sacudiendo la cabeza.

–Bueno, vamos a hablar de Juno entonces. ¿Estás enamorado de ella?

–Sé que he tardado algún tiempo en darme cuenta, pero así es –respondió Mac–. Y quiero arreglar las cosas entre nosotros, aunque es difícil porque no sé lo que ella siente por mí. No me ha contado lo del niño, yo no sabía nada…

–Y yo no sé si te quiere o no, pero hay un par de cosas que sí sé. Según Daisy, Juno está fatal desde que volvió de Los Ángeles, de modo que no creo que le seas indiferente.

Mac no sabía si eso debía animarlo demasiado pero, por el momento, era lo único que tenía.

–¿Y qué más?

–¿Tú sabes algo de un tipo llamado Tony?

–Sé que es el canalla que se acostó con ella cuando tenía dieciséis años. Y que me gustaría encontrarlo y estrangularlo con mis propias manos.

–A mí también –asintió Connor–. Daisy me contó su historia, pero hay algo más y eso podría explicar por qué Juno no te ha dicho que está esperando un hijo.

–¿A qué te refieres?

–Es mejor que hables con ella. Juno es una chica muy inteligente, pero más frágil de lo que parece. Imagino que sabrás que tú eres el primer hombre con el que ha estado después del tal Tony.

–Sí, lo sé.

–Pues eso tiene que contar a tu favor –Connor tomó un bolígrafo y un papel para anotar algo–. Ésta es la dirección de la tienda. Te he hecho un plano, pero es fácil de encontrar.

Mac miró el papel. Quería ver a Juno desesperadamente, pero empezaba a pensar que salvar el abismo de veinte años entre Connor y él había sido la parte más fácil.

–Gracias.

–Sé sincero con ella sobre tus sentimientos. Así practicarás para cuando llegue mi sobrino o sobrina –Connor sonrió.

Después de despedirse Mac salió de la casa, la idea de ver a Juno haciendo que su corazón latiese a toda velocidad.

–Oye, una cosa más –le dijo su hermano desde la puerta.

–¿Sí?

–Échame un cable con Juno. Me va a matar cuando se entere de que he sido yo quien te lo ha contado.

–Olvídate, hermanito –replicó Mac–. Después de decir que yo lloro en las películas, no cuentes conmigo.

Capítulo Veintiuno

Juno tomó un sorbo de manzanilla para asentar su estómago antes de teclear la siguiente línea de números en la calculadora.

¿Quién hubiera pensado que algún día lo pasaría bien haciendo la declaración de la renta? Además, no había vomitado esa mañana y, aunque llevar los desordenados libros de cuentas de Daisy tal vez no era la mejor idea, volver al trabajo la había animado mucho.

Cada día era un día menos para llegar a los tres meses, el momento en el que podría empezar a hacer planes para ella y para su hijo. Y el sol entraba por la ventana, haciendo brillar las motitas de polvo en el aire...

Lo único que tenía que hacer era concentrarse en objetivos que pudiese lograr y dejar que la vida siguiera su curso. Tal vez no estaba destinada a tener un final feliz con el hombre de sus sueños, pero con un poco de suerte tendría algo igualmente maravilloso en ocho meses.

En ese momento oyó que se abría la puerta.

—Espera un momento, Daisy. Ya estoy terminando...

—Deberías haberme contado lo del niño.

Juno levantó la cabeza al escuchar esa voz masculina, con el corazón a punto de salirse de su pecho.

–¿Qué haces aquí?

Mac estaba en la puerta del almacén, en vaqueros y camiseta, su alta figura haciendo que la pequeña habitación pareciese aún más pequeña.

–He venido a hablar contigo, entre otras cosas.

–Márchate, Mac –dijo Juno, levantándose–. No tengo nada que decirte.

No podía pasar por eso otra vez. La angustia, el anhelo, los sueños que nunca se harían realidad...

–Eso es una tontería y tú lo sabes –Mac dio un paso adelante–. Tal vez deberías empezar por contarme por qué te marchaste de Los Ángeles. O por qué no me contaste que estabas esperando un hijo mío.

–¿Por qué iba a decirte nada? –replicó Juno–. ¿Por qué iba a hablarte de un hijo al que no quieres?

Sólo podía haber una razón para que estuviese allí, pensó. Una razón que la ponía enferma.

–¿Por qué dices eso?

–No voy a abortar, Mac. No voy a hacerlo, así que déjame en paz. Vete de aquí...

–No es eso, Juno.

–¿Cómo que no? –exclamó ella.

No era a Mac a quien veía en ese momento, sino a Tony; el desdén con el que había escuchado la noticia, la indiferencia cuando le dijo que se librase del niño...

–Juno, escúchame. Yo no quiero que abortes, eso es lo último que deseo.

–Pero me dijiste que tomase la píldora del día siguiente…

–Fue una reacción instintiva. No me lo tengas en cuenta.

–¿Por qué lo dijiste si no lo pensabas?

Mac apartó la mirada.

–Siempre pensé que no tendría hijos.

–¿Por qué?

–Temía ser como mi padre, pero ahora me doy cuenta de lo tonto que he sido –empezó a decir él, apretando su mano–. Quiero ser el padre de este niño, Juno. ¿Me crees?

La verdad estaba allí, en sus ojos, y Juno se emocionó.

–Sí –respondió por fin, resignada a contarle el resto–. Pero puede que no tenga este niño.

–Cuéntame qué te pasó, Juno. Porque sé que no me lo has contado todo.

Ella asintió con la cabeza.

–Me quedé embarazada de Tony y mis padres se pusieron furiosos… querían que me librase del niño porque sólo tenía dieciséis años y, según ellos, había cometido un terrible error –Juno suspiró–. Y era verdad –añadió luego, tragándose las lágrimas.

–¿Y qué pasó?

–Que me fui de casa porque quería demostrarles que estaban equivocados. Alquilé una habitación en casa de la señora Valdermeyer… tenía tantos sueños… –Juno suspiró de nuevo, recordando–. Ten-

dría el niño y Tony y yo seríamos felices para siempre. Pero fui a verlo a su oficina y cuando le conté lo
que pasaba se puso furioso. Me dijo que no quería saber nada del niño ni de mí y nunca volví a verlo.

–Ese canalla –murmuró Mac.

–Dos días después sufrí un aborto espontáneo.
Ahora sé que fue lo mejor porque entonces sólo era
una cría, no era lo bastante madura como para ser
madre. Pero entonces me pareció tan cruel, tan horrible. Como si el niño hubiera sufrido por algo que
yo había hecho...

–Juno –la interrumpió él, entrelazando sus dedos con los suyos–. No te hagas eso, no te castigues
a ti misma por algo que no pudiste controlar. Eso es
algo que te destroza la vida –dijo luego, con una
sonrisa torcida–. Una jovencita muy lista hizo que
me diera cuenta de eso hace un mes.

Mientras le devolvía la sonrisa, Juno sintió que el
peso de la culpabilidad, el peso que había llevado
encima desde entonces, desaparecía poco a poco.

–Bueno, ¿y qué ha dicho el médico? ¿Estás bien?

–Maya dice que todo va bien, pero sólo lo sabre-
mos con seguridad cuando haya llegado a los tres
meses.

–Bueno, entonces todo está bien, ¿no?

–Sí, supongo que sí –dijo Juno, anotando algo
en un papel.

–¿Qué es esto?

–Mi dirección de correo electrónico. Si me das la
tuya, te enviaré un mensaje cuando esté de tres meses –respondió ella, apartándose el pelo de la cara–.

Me harán la primera ecografía en diez semanas… si quieres, puedo enviártela también. No creo que merezca la pena venir desde Los Ángeles para eso.

¿De qué estaba hablando? ¿No merecía la pena?

Mac arrugó el ceño. ¿No acababa de dejar claro que iban a estar juntos, que iban a ser una pareja?

–No habrá necesidad de venir de Los Ángeles porque tú vas a volver conmigo allí.

Juno lo miró, perpleja.

–No voy a irme a Los Ángeles. Mi vida está aquí.

Mac dejó escapar un suspiro. Seguramente tendrían que negociar.

–Yo tengo que rodar una película en Hollywood, de modo que lo más lógico es que vengas conmigo. Podemos vivir allí durante seis meses y después haremos lo que tú quieras –le dijo, acariciando su pelo–. Podemos vivir en Londres. Y puedo comprar una casa al lado de la de Daisy y Connor si quieres.

De hecho, la idea empezaba a parecerle estupenda. Su hermano y él también tenían que recuperar el tiempo perdido.

–¿Quién ha dicho que vamos a vivir juntos? –exclamó Juno.

Esa pregunta lo sorprendió por completo.

–Pues claro que sí. ¿Qué vamos a hacer cuando nos casemos?

–¿Casarnos? Yo no he dicho que vaya a casarme contigo.

–No, es verdad –asintió él, tomando su mano.

Con las prisas, ni siquiera se lo había pedido–. ¿Quieres casarte conmigo, Juno?

Pero ella soltó su mano.

–No, lo siento.

–¿Por qué no? Yo te quiero y tú me quieres a mí. Y vas a tener un hijo mío. ¿Qué otra cosa vamos a hacer?

Ella lo miró como si le hubiera dado una bofetada. ¿Se habría equivocado?, pensó. Había creído que todo estaba bien, que Juno lo quería...

¿Habría vuelto a equivocarse?

¿Y si Juno no lo quería en absoluto?

¿Tendría valor para abrirle su corazón sabiendo que sus sentimientos podrían no ser correspondidos?

–¿Me quieres? –repitió Juno–. ¿Desde cuándo me quieres?

–Desde... –Mac se pasó una mano por el pelo–. Desde el primer momento, imagino. Pero he sido demasiado tonto como para verlo.

Bueno, eso no era muy convincente.

–Pero ha pasado más de un mes y no me has llamado ni una sola vez. Por cierto, ¿cómo te has enterado de que estaba embarazada? –le preguntó ella entonces–. Ah, claro, por eso has venido. Porque Connor te ha contado que lo estaba.

Juno vio la respuesta en sus ojos. De modo que no era verdad, no la amaba. Pero ella no iba a vivir una mentira nunca más.

–Debería haberlo imaginado –siguió–. Sé que no crees en el amor, Mac. Le dijiste a Gina que el amor no existía...

–¿Por eso no me dirigías la palabra esa noche? –exclamó él, atónito–. No te lo dije a ti, se lo dije a Gina.

–Eso da igual.

–No, no da igual. Lo que le dije a Gina no significa nada. Le habría dicho que era gay si así conseguía que me dejase en paz. Lo que sentía por Gina no tiene nada que ver con lo que siento por ti, Juno. Y otra cosa: decidí venir cuando Connor me llamó para darme la noticia.

–¡Pero has tardado un mes en hacerlo!

Mac suspiró.

–¿Qué más da eso?

–No te pongas condescendiente conmigo. Y no te compadezcas de mí, no tienes que fingir que estás enamorado.

Él la miró, perplejo.

–¿Quién ha dicho que me compadezco de ti? Eres una mujer fuerte, inteligente, guapa... y no intento ser condescendiente contigo, te digo lo que siento.

El corazón de Juno se volvió loco. ¿Podría estar diciendo la verdad?

Mac era el hombre más carismático, más interesante y más guapo que había conocido nunca. ¡Era una estrella de Hollywood! Y, sin embargo, siempre la había tratado de igual a igual.

–¿De verdad me quieres? –le preguntó.

–¿No acabo de decírtelo? Venga, deja de lloriquear y dime que tú también me quieres –contestó Mac, tomándola por la cintura.

Juno notó que parecía exasperado e inseguro a la vez y todo el amor que había intentando esconder brotó de su corazón.

Habían tenido que enfrentarse a muchos dramas y a muchas inseguridades pero, por fin, habían encontrado el camino al cielo.

Juno le echó los brazos al cuello.

–Mac, te quiero tanto… te adoro.

Él se relajó por fin mientras enterraba la cara en su cuello.

–Gracias a Dios.

Parecía tan aliviado que Juno soltó una carcajada.

–No tiene gracia –protestó Mac–. Me has quitado diez años de vida.

–Lo siento, perdona. ¿Podré compensarte de algún modo?

–No lo sé –sonriendo, Mac deslizó las manos hasta su trasero–. Dame un minuto para pensarlo, seguro que se me ocurrirá alguna cosa.

Pero cuando estaba inclinando la cabeza para besarla, la puerta se abrió de golpe y Daisy entró en el almacén.

–¡No puedes venir así como así, Mac! –exclamó–. Juno no está preparada para esto.

–No pasa nada, estoy bien –dijo ella.

–Los dos estamos bien. Por favor, márchate, *hermanita* –añadió Mac.

Juno soltó una carcajada al ver la expresión atónita de Daisy.

—¡Ay, Dios mío! —exclamó entonces su amiga—. ¡Habéis hecho las paces! Esto es maravilloso.

—Será mucho más maravilloso cuando nos dejes solos —insistió Mac.

—Muy bien, muy bien, ya me voy. De hecho, nunca he estado aquí.

La puerta se cerró un segundo después y Juno y Mac se miraron.

—¿Dónde estábamos? —preguntó él.

Juno puso un dedo sobre sus labios.

—No podemos hacer el amor aquí. No sería muy… práctico.

—Cariño, esa naturaleza práctica tuya fue lo primero de lo que me enamoré —murmuró Mac, mordisqueando su dedo—. Pero vas a tener que confiar en mí. A veces también está bien hacer cosas poco prácticas.

Treinta gloriosos minutos después, Juno se vio obligada a admitir que tenía razón.

Epílogo

–Espera, Mac, ya lo hago yo –Connor le quitó la flor de la mano para ponérsela en la solapa–. Cálmate, hombre. Parece que vas a enfrentarte a un pelotón de fusilamiento, no a casarte con la mujer de tu vida. Pensé que las estrellas de Hollywood no tenían miedo escénico.

–Ja, ja, muy gracioso –replicó Mac–. Yo no tengo miedo, eso es para aficionados.

Pero él era un aficionado en aquel momento. Había tenido siete meses para prepararse y aun así sentía pánico. ¿Y si no sabía ser marido y ser padre?

Mientras veía el vientre de Juno crecer durante los últimos meses se había sentido como en una montaña rusa de emociones: orgullo, emoción y auténtico terror. ¿Cómo iba a vivir consigo mismo si fracasaba en lo único que le importaba en la vida?

Angustiado, tiró del nudo de la corbata, que lo estaba ahogando.

–¿Entonces cuál es el problema? –le preguntó su hermano–. No te estarás arrepintiendo, ¿verdad?

–Lo dirás de broma. La necesito tanto que me duele.

Y ése era el problema precisamente.

Ante la insistencia de Daisy, había tenido que

pasar la noche sin Juno por primera vez en siete meses y no había pegado ojo. Lo único que calmaría sus nervios sería verla vestida de novia en el altar, a su lado.

–¿Y si meto la pata?

–Lo único que tienes que hacer es decir «sí, quiero» –le recordó Connor–. Alégrate de no ser tú el que lleva un vestido largo y unos tacones de diez centímetros. Y no te preocupes, yo te daré una patada si olvidas hablar en el momento importante.

Mac esbozó una sonrisa, agradeciendo que Connor intentase animarlo, aunque no sirviera de mucho.

–No estoy hablando de la boda, eso es fácil. Hablaba del matrimonio.

–No te entiendo.

–¿Y si cometo algún error? ¿Y si Juno decide que no me quiere?

Casi esperaba que soltase una carcajada, pero su hermano lo miró, muy serio.

–No vas a meter la pata, Mac. Eres un buen hombre y vas a ser un buen marido y un buen padre. Sólo hay que verte con Ronan para saberlo –Connor puso una mano sobre su hombro–. Y Juno es más feliz que nunca. Ella cree en ti, así que debes empezar a creer en ti mismo.

Mac tragó saliva. Juno creía en él, confiaba en él. Y en los últimos siete meses le había demostrado de todas las maneras posibles cuánto lo amaba.

–Sí, tienes razón –dijo por fin, dejando escapar un suspiro–. Gracias por el consejo.

–De nada, es parte del servicio como padrino –bromeó su hermano.

El sonido de las campanas de la iglesia interrumpió la conversación.

–¿Ya son las doce? –murmuró Connor, mirando su reloj–. Será mejor que entremos –dijo luego, tocando el bolsillo en el que llevaba las alianzas–. Bueno, venga. ¿Estás listo?

–Cálmate, Con –dijo Mac.

Se sentía más seguro de sí mismo al entrar en la capilla francesa donde una vez había admirado el vestido de la dama de honor y sonrió, contento, mientras se colocaban frente al altar porque estaba seguro de que, al final, iba a tener una vida maravillosa.

–Sigo sin creer que hayas insistido en hacer esto cuando estás embarazada de ocho meses. Es una locura –protestó Daisy por enésima vez en los últimos diez minutos–. Bueno, ya puedes mirarte –dijo luego, colocando el espejo de la rectoría–. Pero yo no me hago responsable si se te sale un pecho frente al altar.

Juno se miró al espejo y soltó una carcajada. El vestido, diseñado por Daisy, era de líneas sencillas pero con un escote escandaloso.

–Dios mío… ahora entiendo a qué te refieres.

–Ya te advertí que con el embarazo los pechos aumentaban de tamaño –dijo Daisy–. Sigo sin entender por qué habéis querido esperar prácticamente hasta el día del parto para casaros.

Juno apretó la mano de su amiga.

–A Mac casi le dio un ataque cuando le dije que la iglesia no estaba disponible hasta el mes de abril, así que no he podido esperar más.

–Después de ver su cara esta mañana cuando le dije que no podía verte, creo que te entiendo –Daisy soltó una risita.

Las campanas de la iglesia empezaron a repicar entonces.

–Ya es la hora –dijo Juno.

–Y le prometí a Connor que no llegarías tarde para que no tuviera que sujetar a su hermano. Pero eso significa que no tengo tiempo de buscar algo para taparte un poco…

–No seas boba, el vestido es precioso. Y si al final le enseño un pecho al sacerdote, espero que no le dé un infarto.

Las dos salieron riendo de la rectoría, pero cuando Juno vio el amor en los ojos de Mac, el hombre de sus sueños, su corazón se desbocó. ¿Cómo podía estar tan rebosante de felicidad y no explotar?, se preguntó.

Unas semanas después, agotada después de doce horas de parto, Juno supo la respuesta al ver a su marido sujetando a su hija recién nacida.

–¿Que te parece? –le preguntó.

Mac la miró, sus ojos llenos de orgullo y amor incondicional.

–Lo ha hecho muy bien, señora Brody. Es la

niña más guapa que he visto en toda mi vida. Aunque creí que se me iba a salir el corazón… pero si me muero, al menos moriré siendo un hombre feliz, ¿verdad que sí, cariño?

Juno suspiró mientras Mac se inclinaba para darle un beso.

De nuevo, sentía que su corazón rebosaba felicidad, pero no explotaba y en ese momento entendió por qué.

«Creo que te has acostumbrado a esto de ser feliz».

Como en los viejos tiempos

TESSA RADLEY

Habían transcurrido cuarenta y nueve días con sus noches desde que Guy Jarrod acarició a Avery Lancaster por última vez. El exitoso hombre de negocios estaba convencido de que Avery era una cazafortunas, pero la deseaba. Y como estaba obligado a trabajar con ella durante el festival de vino y gastronomía de Aspen, tendría una oportunidad perfecta para saciar su deseo.

Se acostaría con ella y la sacaría de su vida para siempre. Pero cabía la posibilidad de que Avery no fuera lo que le habían contado. Si era inocente, corría el riesgo de convertir a la mujer que podía llegar a ser su esposa en una simple amante.

Nunca dejó de desearlo

Acepte 2 de nuestras mejores novelas de amor GRATIS

¡Y reciba un regalo sorpresa!

Oferta especial de tiempo limitado

Rellene el cupón y envíelo a

Harlequin Reader Service®
3010 Walden Ave.
P.O. Box 1867
Buffalo, N.Y. 14240-1867

¡Sí! Por favor, envíenme 2 novelas de amor de Harlequin (1 Bianca® y 1 Deseo®) gratis, más el regalo sorpresa. Luego remítanme 4 novelas nuevas todos los meses, las cuales recibiré mucho antes de que aparezcan en librerías, y factúrenme al bajo precio de $3,24 cada una, más $0,25 por envío e impuesto de ventas, si corresponde*. Este es el precio total, y es un ahorro de casi el 20% sobre el precio de portada. !Una oferta excelente! Entiendo que el hecho de aceptar estos libros y el regalo no me obliga en forma alguna a la compra de libros adicionales. Y también que puedo devolver cualquier envío y cancelar en cualquier momento. Aún si decido no comprar ningún otro libro de Harlequin, los 2 libros gratis y el regalo sorpresa son míos para siempre.

416 LBN DU7N

Nombre y apellido   (Por favor, letra de molde)

Dirección   Apartamento No.

Ciudad   Estado   Zona postal

Esta oferta se limita a un pedido por hogar y no está disponible para los subscriptores actuales de Deseo® y Bianca®.
*Los términos y precios quedan sujetos a cambios sin aviso previo.
Impuestos de ventas aplican en N.Y.

SPN-03   ©2003 Harlequin Enterprises Limited

¿Una venganza en bandeja de plata?

El famoso Nikos Katrakis andaba en busca de una nueva amante cuando, de repente, la heredera Tristanne Barbery se ofreció voluntaria. ¿Podían ser tan fáciles de conseguir placer y venganza?

Tristanne sabía que no debía jugar con fuego, y menos con un hombre de tanto carisma como Nikos Katrakis. Sin embargo, a pesar de que sabía muy bien a lo que se exponía, no tenía elección.

Para sorpresa de Nikos, Tristanne no era la chica débil, dócil y casquivana que había creído, y pronto sus planes de venganza empezaron a desmoronarse como un castillo de naipes.

Por venganza y amor
Caitlin Crews

*Por venganza
y amor*

Caitlin Crews

Deseo™

En sus brazos

YVONNE LINDSAY

Debido a la maldición de su familia, el magnate Reynard del Castillo se vio obligado a comprometerse con una mujer con la que nunca se hubiera casado, Sara Woodville. Sara era hermosa, pero superficial, y no había una verdadera atracción entre ellos. Sin embargo, un día la besó y encontró a una mujer totalmente diferente, una mujer que le despertaba una pasión primitiva, una mujer que… no era Sara. En realidad, la hermana gemela de Sara, Rina, accedió a hacerse pasar por su hermana de forma temporal, pero jamás pensó que llegaría a enamorarse de su apuesto prometido.

Cambio de novias